ce que j'étais

L'édition originale de cet ouvrage a paru en langue anglaise
chez Penguin Books, Londres, sous le titre :
WHAT I WAS

© Meg Rosoff, 2007, pour le texte.
© David Atkinson, 2007, pour la carte.
© Hachette Livre, 2008, pour la traduction française.
Hachette Livre, 43 quai de Grenelle, 75015 Paris.

MEG ROSOFF

ce que j'étais

Traduit de l'anglais (Grande-Bretagne)
par Luc Rigoureau

hachette

Pour mes parents,
Lois Friedman et Chester Rosoff,
Tendrement

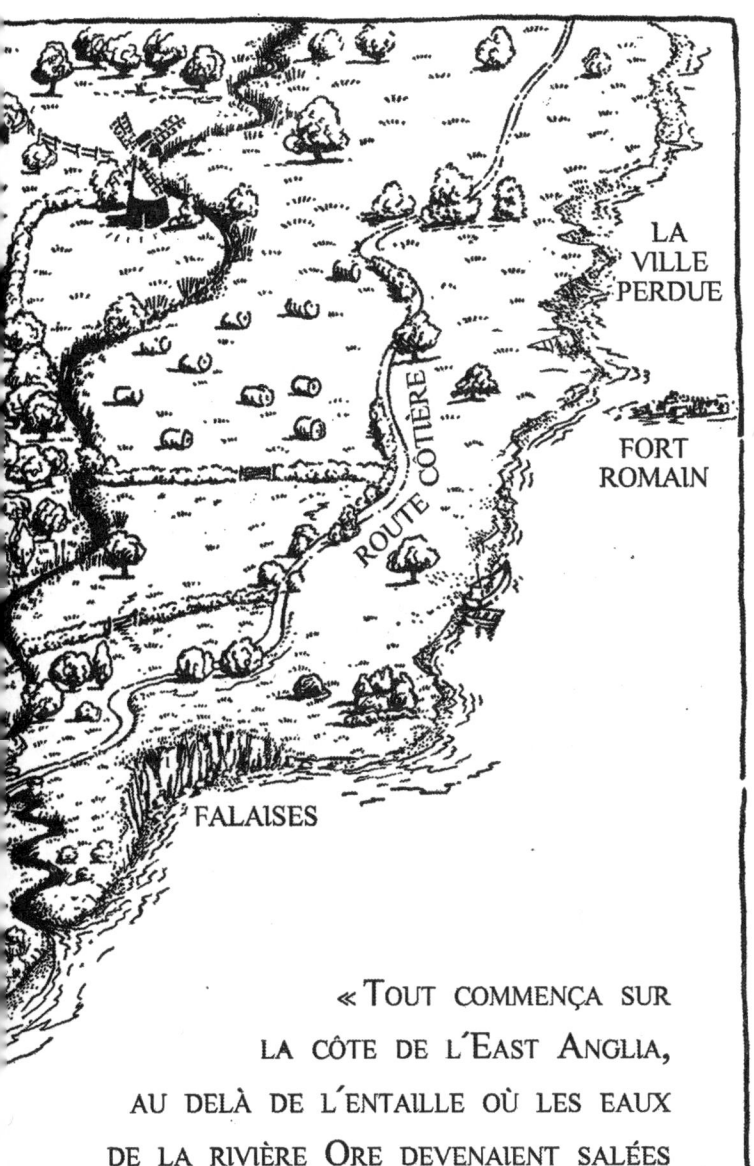

« Tout commença sur la côte de l'East Anglia, au delà de l'entaille où les eaux de la rivière Ore devenaient salées avant de se perdre dans la mer... »

J'ai un siècle, un âge impossible, et mon esprit n'est plus ancré dans le temps présent. À la place, il dérive, presque toujours vers la même grève.
Aujourd'hui, comme presque tous les jours, nous sommes en 1962. L'année où j'ai découvert l'amour.
J'ai seize ans.

1

Règle numéro un : ne fais confiance à personne.

Le temps d'arriver à Saint-Oswald, le brouillard avait entièrement effacé la côte. Même aussi loin à l'intérieur des terres, il était impénétrable ; la blancheur des phares ne servait qu'à éclairer notre cécité. Courbé sur le volant, Père avançait à une allure d'escargot. Sans le garçon qui agitait une torche avec des mouvements paresseux près de la grille du lycée, nous aurions pu continuer ainsi durant des heures, quitter l'Angleterre et rouler sur l'eau.

Père se gara devant le hall principal, mit le frein à main, sortit mon sac du coffre et se tourna vers moi d'une façon qu'il croyait sans doute martiale.

— Eh bien, dit-il, ça y est.

Ça y est quoi ? Je contemplai le lugubre édifice victorien,

imaginai des paroles identiques prononcées par d'autres pères ayant envoyé leurs fils vers des batailles perdues d'avance, au-delà de montagnes traîtresses, à travers les steppes russes. Ici, elles semblaient particulièrement inappropriées. Ne s'offrait à moi que le spectacle d'une institution déprimée de l'enseignement secondaire, ensevelie dans une brume opportune. Je ne répondis pas, cependant, ayant appris une ou deux choses au cours de seize années de médiocrité soigneusement soupesée, y compris la valeur du silence.

C'était mon père qui avait eu l'idée de Saint-Oswald, dont le lointain passé et les faibles exigences correspondaient exactement à ses désirs. Il avait dû se réjouir qu'existât une école susceptible d'accepter son minable rejeton pour tenter de le (moi) transformer en membre utile de la société, un homme de loi, par exemple, ou un employé de la City.

— Il est temps que tu te reprennes, ajouta-t-il. Tu es presque un homme.

Difficile d'énoncer plus fausse description. J'avais déjà du mal à me débrouiller en tant que garçon.

Mon père serra la main à notre comité d'accueil, comme si c'était lui, et non moi, qui s'inscrivait. Suivirent quelques échanges anodins avec le directeur et le responsable de l'internat. Le temps… aucune référence… nous avons découvert que… il ne reste plus qu'à espérer…

Debout près d'eux, j'écoutai d'une oreille plus que distraite, connaissant par cœur le scénario.

Nous retournâmes à la voiture, et mon père, après s'être gratté la gorge, le regard perdu dans le vide, suggéra que je profite de l'occasion pour me faire pardonner mes deux derniers échecs scolaires. Sur ce, il me gratifia d'une poignée de main pessimiste et d'une tape sur l'épaule, puis s'en alla.

Un élève plus âgé, à qui l'on m'avait confié et que la tâche ennuyait, s'éloigna du corps principal de la pension, m'entraînant en direction d'une série de bâtiments rectangulaires en brique qui entouraient une courette morne. Dans la pénombre embrumée, ma future résidence ressemblait étrangement à une prison. Lorsque nous entrâmes dans Mogg House (Gordon Clifton-Mogg, responsable du pavillon), le poids du XIXe siècle me tomba dessus comme un linceul. Les hauts murs et les étroites fenêtres cintrées paraissaient conçus pour laisser passer le moins de lumière et d'air possible. La philosophie de l'architecte sautait aux yeux : affamer l'âme humaine, certes, mais avec subtilité, en recourant à des économies de dimension et d'échelle. Déjà, je devinais que les chambres seraient sombres toute l'année, glacées en hiver, étouffantes en été. Plus tard, je découvrirais que Saint-Oswald était spécialisé dans le sadisme architectural : même le nouveau laboratoire de sciences naturelles (fierté de l'établissement) affichait du verre fumé et des murs en parpaings datant de 1958, sommet de la laideur agressive.

Nous gravîmes trois volées de marches et arpentâmes un long couloir banal. Une fois au bout, mon guide lâcha mon sac par terre, martela à la porte et partit sans attendre de réponse. Au bout d'une minute, on m'invita à entrer dans un dortoir, où trois garçons me détaillèrent impassiblement, comme s'ils inspectaient un outsider dans le paddock de Cheltenham.

Il y eut un silence.

— Je m'appelle Barrett, finit par se présenter le plus trapu des trois avant de sortir un carnet noir de sa poche et de le pointer sur les deux autres en ajoutant : Gibbon et Reese.

Ce dernier rigola. Barrett inscrivit quelques mots dans son calepin, puis se tourna vers Gibbon.

— Je lui donne deux trimestres, lui lança-t-il. Et toi ?

Gibbon, le plus grand, m'observa avec soin. Un instant, je crus qu'il allait me demander de lui montrer mes dents. Il tira deux billets d'une livre tout neufs de son luxueux portefeuille en veau.

— Trois, répondit-il.

M'efforçant de ne trahir aucune émotion, je fixai ses yeux de gecko.

— Quatre, peut-être.

— Décide-toi, s'impatienta Barrett, stylo en l'air.

Sa casquette d'uniforme scolaire était baissée sur ses yeux, comme la visière d'un bookmaker.

— Va pour trois, alors.

Barrett prit note.

— Moi, je dis quatre, intervint Reese.

Il repêcha dans sa poche une poignée de piécettes. Il était le moins impressionnant de tous, paraissait gêné par le rituel. Barrett s'empara de la monnaie avant de me regarder.

— Tu en es ?

En étais-je ? Parier sur la fin de ma propre carrière académique ? Voilà qui avait le mérite de l'originalité, par rapport aux accueils habituels. Sans relever, j'allai ranger mes affaires dans un casier métallique, je fis le lit étroit avec des draps amidonnés réglementaires, je m'enfouis sous les couvertures et je m'endormis.

2

Règle numéro deux : ne montre pas tout.

Sachez que je ne suis pas l'un de ces héros dont les atouts physiques provoquent l'admiration. Imaginez un garçon petit pour son âge, les oreilles à angle droit par rapport à la tête, des cheveux ayant la texture de la paille et la couleur d'une souris. Bouche : étroite. Yeux : circonspects, alertes.

Vous pourriez soutenir que les imperfections superficielles ne sont pas rares chez les adolescents, affirmation que mon expérience démentait. Sur toutes les photographies de Saint-Oswald, à gauche et à droite, en haut et en bas, en diagonale, il y avait des garçons d'aspect plus commun : types aux mâchoires carrées, aux nez droits et aux tignasses épaisses d'une teinte bien déterminée ; types aux membres longs et droits, aux expressions hardies et confiantes ; types doués, aux talents innés, dotés d'un génie particulier pour la politique, le latin ou le droit.

Sur ces clichés, mon visage (flou, mal défini) avait toujours un air mouvant et un peu idiot, comme si la chair elle-même comprenait que je dégageais une mauvaise impression à l'instant où l'obturateur cliquetait.

Ai-je signalé que Saint-Oswald était mon troisième pensionnat ? Les deux premiers m'avaient prié (pas de façon franchement courtoise) de m'en aller, à cause de la nature déplorable de mon comportement et de mes notes. À ma décharge, je tiens à préciser que mon attitude n'était en rien déplorable si, par déplorable, vous entendez insolent, belliqueux, violent et asocial – mettre le feu à la bibliothèque, poignarder ou violer un enseignant. Par déplorable, eux signifiaient « peu enclin aux études, pour le moins », « d'une incompétence notoire en matière de rédaction », « ne présentant aucun intérêt aux yeux de la direction et du conseil d'administration ». Au regard de mes modestes échecs, ces jugements me paraissent d'une inutile cruauté et m'amènent à m'interroger sur la manière dont ces gens avaient étiqueté l'élève ayant ouvert le feu avec un AK-47 au beau milieu de la chapelle.

Par ailleurs, mon manque d'éclat était strictement réservé aux photographies et aux devoirs scolaires. Lorsqu'il s'agissait d'exprimer des opinions, j'étais (je suis) comme l'épée de Zorro : vif, incisif, mortel. Ainsi, mon avis sur le rôle de l'enseignement secondaire est irrévocable. Pour moi, les directeurs de cet établissement et leurs contemporains n'étaient que de ladres marchands de statut social qui vendaient à des garçons de la classe moyenne sans mérites particuliers un sens surdimensionné de leur propre valeur.

Je leur reconnais cependant une qualité. Sans ma première pension, je n'aurais pas connu la deuxième. Sans la deuxième, je n'aurais pas terminé à Saint-Oswald. Sans Saint-Oswald, je n'aurais pas rencontré Finn.

Sans Finn, il n'y aurait pas de récit.

3

Tout commença sur la côte de l'East Anglia, au-delà de l'entaille où les eaux de la rivière Ore devenaient salées avant de se perdre dans la mer. À cet endroit, une langue de terre se détachait du paysage, petite péninsule ayant vaguement la forme d'un museau de rat. Sur les cartes (les vieilles), cette presqu'île s'appelait La Stèle, d'après une pierre commémorative du XVIIe siècle découverte tout près de l'enceinte de l'école, en 1825.

La lettre que la direction envoyait aux parents en quête d'un établissement contenait une description des lieux couvrant trois quarts de page. La localisation était un atout vendeur (*l'air marin contribue à fortifier les poumons et à éclairer les esprits*), et d'élégantes italiques expliquaient que la stèle avait été trouvée à moitié enterrée, qu'elle était grande et lourde, qu'elle avait sans doute été importée de Lindisfarne, sur la côte du Northumberland. Ce genre de pierres n'étaient pas rares dans la région, mais celle-ci pouvait se targuer d'offrir un formidable portrait gravé de saint Oswald, roi britannique du VIIe siècle, avec l'équivalent en anglo-saxon des mots « Oswald est passé par ici ». La stèle en question a été depuis longtemps transférée au British Museum.

L'Institution pour Garçons Saint-Oswald, dont vous n'aurez pas entendu parler, était située à trois kilomètres à l'intérieur des terres. La départementale y menant reliait la nationale à la côte, suivant un tracé plus ou moins droit ; un sentier pédestre parallèle la longeait sur la plupart du trajet. Une fois à la mer, la route tournait à droite (vers le sud). En empruntant le sentier, on atteignait en une vingtaine de minutes La Stèle, ou du moins le chenal profond qui la séparait de la côte. La modeste péninsule n'était accessible que quelques heures par jour, lorsque la marée était la plus basse, par une chaussée de sable humide. Alentour, des marais salants et des roselières offraient un habitat aux échassiers désireux de nidifier et aux oiseaux marins – huîtriers pies, petites sternes, cormorans, mouettes – comme ils l'avaient fait autrefois pour les colons romains, saxons et vikings.

À quelques kilomètres et à un million d'années-lumière de là se dressait ma « maison loin de chez moi », Mogg House, un bâtiment de quatre étages avec ses salles d'étude (minuscules) en bas, ses dortoirs au milieu, et ses chambres et salons au-dessus. Les garçons de mon âge étaient installés tout en haut, dans des pièces prévues pour deux mais accueillant quatre locataires, résultat de la politique de rentabilisation maximale prônée par l'intendant. Les toilettes étaient situées au rez-de-chaussée et, aujourd'hui encore, je fais montre d'une exceptionnelle capacité à contrôler ma vessie grâce à l'incommodité de ces commodités. C'était un talent que nous apprenions à développer à force d'expérience et d'exercices, à l'instar des compétences en matière de mathématique ou de maîtrise des arpèges.

En dépit de la violence des hivers côtiers, nous vivions sans chauffage. La chaleur était jugée comme antithétique au développement du système immunitaire, et l'on attendait de nous que nous fissions preuve d'une tolérance au froid quasi surhumaine. Point positif, les conditions de vie dans mon établissement précédent, situé trois cents kilomètres plus au nord, avaient été pires. Là-bas, nous nous préservions du froid en dormant tout habillés, tricots de laine, chaussettes et pantalons sous nos pyjamas, et nous réveillions la plupart du temps pour découvrir des névés sous les fenêtres ouvertes et une couche de glace dans la cuvette des toilettes.

À Saint-Oswald, nous étions tirés du lit par le carillon d'une cloche, nous enfilions un col propre (pour peu que nous en eussions un) sur nos chemises, nous mettions nos sous-vêtements de la veille, un pantalon de coton et de grosses chaussures noires, et nous descendions afin d'avaler un petit déjeuner constitué de porridge grisâtre et de tartines grillées froides. Les rationnements d'après-guerre s'étaient achevés huit ans auparavant, mais l'habitude de ne servir qu'une nourriture chiche et déprimante s'attardait dans les cuisines scolaires de tout le pays. Suivaient la prière dans la chapelle, cinq cours d'affilée sans pause, le déjeuner (saucisses rosâtres, foie verdâtre, ragoût marronnasse, chou bouilli jusqu'à être d'une répugnante transparence). L'après-midi était dédié au sport ou aux fastidieux défilés de l'entraînement militaire obligatoire. Suivaient le dîner, les devoirs et le lit.

Cet emploi du temps relativement simple dissimulait les

contrées ombreuses de l'existence lycéenne, où se jouaient de véritables drames, où des hiérarchies compliquées désignaient les gagnants et les perdants de la vie, classifiant chacun avec soin selon le système de caste mal défini de l'établissement concerné. À l'égal du monde extérieur, les possibilités d'évolution sociale existaient à peine ; le statut octroyé déterminait dès le départ si un parcours serait pénible ou triomphal. Durant toutes ces années, je n'ai pas conservé le souvenir d'un garçon ayant amélioré son sort de manière significative, mais la mémoire me fait peut-être défaut.

— Hé, toi !

Trois jours après mon arrivée, je m'extirpai de mes songeries pour croiser le regard impérieux d'un élève de terminale.

— *Toi !*

Oui, soupirai-je *in petto. Moi.*

— C'est quoi, ça ? (Il montrait le dernier bouton de mon blazer.)

Une baleine, pauvre débile.

Avec un calme délibéré, il arracha le coupable. Il est à noter que cela exigea un effort considérable. Et laissa un gros trou.

— On ne boutonne pas celui-là, cracha-t-il. Pigé ?

Je le toisai.

— La bonne réponse, minable, c'est *Oui, monsieur.*

— Oui, monsieur.

J'avais appris à instiller une subtilité infinie à mon apparente absence d'ironie.

Tournant les talons, il s'éloigna à grands pas, cependant que je fouillai l'herbe à la recherche de mon bouton. Pour avoir croisé des dizaines de sales petits fascistes, je ne me sentis pas particulièrement humilié ; je continuais seulement à m'interroger sur leurs illusions.

Notre univers tournait autour des règles en vigueur à l'école, aussi mystérieuses et ésotériques que les trames les plus obscures d'une cabale pontificale. Bas de veste ouvert ou fermé, main gauche dans la poche ou non, traversée de la cour en diagonale ou tout droit, pelouse franchie en marchant ou en courant, livres portés d'une main ou de l'autre, encre bleue ou noire, casquette portée sur l'avant ou sur l'arrière. Il n'existait pas d'antisèche, pas de liste, pas de guide gravé du titre *Règles*. Les tables des lois existaient à peine, émergeant à la surface de l'établissement comme des étrons. Nous prenions comme acquis leur caractère aléatoire, leur rigidité, leur nombre, et nous y obéissions parce qu'elles étaient là, parce que nous étions plus fraîchement arrivés, plus jeunes ou plus faibles que ceux qui les édictaient ; parce que remplir nos têtes d'informations plus essentielles eût exigé de nous l'usage de nos facultés critiques. Ce qui aurait conduit à remettre en question l'ensemble du système. Ce qui aurait poussé à l'effondrement social et économique, et à la fin de la vie telle que nous la connaissions.

Il était plus aisé de faire avec.

Soyons clairs : bien des garçons (appréciés, intelligents, sportifs) vécurent des années heureuses à Saint-Oswald ; je n'en fus pas, tout bêtement. Même si je disposais d'atouts – un visage capable de dissimuler ses émotions, un sain mépris du jeu et des règles – qui m'aidèrent bien. Je n'étais pas destiné aux récompenses et aux paillettes, mais je n'étais pas non plus dénué de qualités.

Nos cours avaient lieu sous les plafonds hauts et pleins de courants d'air du bâtiment principal de la pension, et toujours bercés par les glouglous et les grincements hasardeux d'une plomberie remontant au XIXe siècle. Jour après jour, je m'assis là en affichant un air d'obtuse pénétration, ayant deviné qu'elle était exactement ce qu'il fallait aux professeurs pour interroger mon voisin de gauche plutôt que moi – elle les ennuyait et les amenait à mépriser leur existence.

En dépit de (ou grâce à, peut-être) cette déprimante familiarité des choses, je fis mon trou à Saint-Oswald en un rien de temps.

4

L'une des caractéristiques remarquables de la côte que je viens de décrire est qu'elle s'enfonce rapidement sous l'eau.

C'est le genre de phénomène à propos duquel il est devenu à la mode de paniquer vers le début du XXIe siècle, quand tout le monde est convenu que notre planète est au bout du rouleau, vérité qui s'applique à cette portion de littoral depuis au moins un millénaire. Par contraste, le bord opposé du pays de Galles émerge, ce qui suggère que toute l'Angleterre est en train de basculer lentement dans la mer. Lorsque la côte orientale aura suffisamment coulé, et que l'occidentale se sera assez soulevée, le pays tout entier sombrera, déclenchant un tourbillon de bulles et une condamnation formelle de la Chambre des lords. J'attends avec impatience ce naufrage en douceur dans l'oubli et je crois qu'il sera extrêmement salutaire à notre nation.

À l'époque, je n'aurais sans doute pas été de cet avis. Pour commencer, je m'intéressais moins que maintenant aux catastrophes géologiques. Ensuite, mes contemporains et moi avions tendance à envisager l'avenir comme une vaste ardoise vierge où écrire notre propre version de l'histoire humaine ; par ailleurs, elle occupait une place secondaire par rapport à la véritable tâche qui nous occupait au quotidien : perfectionner nos répliques dans la pièce de théâtre qu'était la vie au pensionnat. Il était important de pouvoir les lancer sans réfléchir – ne pas répondre, baisser la tête avec respect devant les enseignants, prononcer le « monsieur » sans ironie aucune, s'écarter devant les garçons plus âgés.

Je songeais rarement aux institutions que j'avais fréquentées avant ; toutes m'avaient fait mauvaise impression. Mon renvoi de la première n'avait pas exigé beaucoup d'efforts ; il m'avait suffi de montrer un dédain enthousiaste pour les activités sportives et les délais impartis à la remise des devoirs. Malgré la petite réputation de l'établissement, ses autorités avaient été heureuses de me voir partir. Mon expulsion de la deuxième avait demandé un peu plus de tracas, ainsi que l'aide des matériaux que l'on trouve dans les laboratoires de chimie de tous les lycées du monde.

Il m'apparut cependant que déserter Saint-Oswald (qui se faisait une spécialité des Petites Espérances) risquait d'être plus compliqué. Même le corps enseignant, un ramassis hétéroclite d'infirmes et d'épaves psychologiquement fragiles, semblait avoir peu d'avenir ailleurs. M. Barnes, borgne traumatisé par son expérience sur le front et équipé d'un derrière prothétique, professait l'histoire. Il lui arrivait d'avoir de bons jours, durant lesquels il évoquait avec une énergie presque contagieuse batailles, traités et dynasties frappées du sceau de la malédiction ; le reste du temps, il se bornait à s'asseoir devant sa classe et à fixer ses mains. Pour des raisons ne devant rien à la compassion, nous le laissions tranquille en ces heures noires et nous esquivions en catimini, si bien que, à l'heure de la cloche, sa salle résonnait du seul silence.

Thomas Thomas, qui nous venait du collège d'All Souls, à Oxford, affublé d'un bégaiement et de nobles idéaux, tentait vainement de séduire nos âmes avec la poésie de Wordsworth et Keats. Sans son nom idiot, il eût incarné l'essence même du bouc émissaire ; avec, il était évidemment condamné. Tous, nous avions démasqué sa nature de grand auteur rêveur et maussade d'un roman inachevé destiné à n'être jamais terminé. Il était facile de déclencher ses larmes d'agacement. Jusqu'au jour où, prenant la mesure du règlement officiel de l'établissement, il devint l'adepte le plus fervent de la canne réservée aux châtiments corporels, nonobstant ses tendances esthétisantes et ses longues mains blanches.

M. Markel était toujours prêt à mettre de côté un exercice de traduction pour nous narrer ses expériences dans le maquis et évoquer ses amis résistants français. Nous adorions les récits de torture et de sacrifice sous le régime de Vichy, n'eûmes jamais droit à un récit complet cependant. Ses histoires l'enflammaient à tel point qu'au milieu de l'une d'elles il retomba dans l'incompréhensible patois basque de sa jeunesse.

Les autres méritent à peine qu'on les mentionne. M. Brandt (assommant). M. Lindsay (efféminé). M. Harper (postiche sur le crâne, vain de sa personne). Enfin, il y avait le redouté M. Beeson, le directeur (abruti), également chargé de l'éducation religieuse. Non que nous pensions mériter un proviseur tel le M. Chips du film[1] (doux, le nez chaussé de lunettes, fascinant), mais M. Beeson mesurait moins d'un mètre soixante, avait les traits rougeauds d'un garçon boucher dénué d'imagination et nourrissait une passion secrète pour la reconstitution des batailles napoléoniennes qui dépassait de loin son intérêt pour le métier d'enseignant. La rumeur prétendait qu'il n'avait obtenu le poste qu'à cause d'un malheureux manque de candidats, chronique dans ces années d'après-guerre. Ses connaissances en grec et latin, qui paraissaient à peine supérieures aux nôtres, confirmaient ces bruits.

Ai-je oublié de mentionner le sport ? Les entraînements quotidiens de cricket ou de rugby se déroulaient sous la férule de M. Parkhouse, maniaque de ce qu'il nommait « le conditionnement ». Cela impliquait de longues courses à travers la campagne boueuse, les jours où les conditions météorologiques nous interdisaient les matchs. J'entends encore le martèlement sourd de tous ces pieds, plus de quatre-vingts en même temps, qu'activaient des cuisses en sueur et des bras aux balancements désordonnés ; des pieds qui escaladaient les haies et les échaliers, trop fatigués pour exprimer leur colère, mais pas assez pour ne pas l'éprouver. Afin de varier les plaisirs, nous trottions parfois sur la plage, haletant par groupes de deux ou trois, jusqu'à ce que des crampes ou la révolte missent un terme à l'exercice.

C'est toujours à Reese que je pense quand je me rappelle ces marathons. Il avait pris l'habitude de me suivre à la trace, prenant à tort pour de l'amitié mon absolu manque d'envie de le tourmenter. Il avait une fâcheuse tendance à surgir à l'endroit exact où je l'attendais le moins, s'emmêlant dans mes

---

1. *Au revoir Mr. Chips*, film américain de Sam Wood, 1939. (Toutes les notes sont du traducteur.)

jambes comme un filet et, la plupart du temps, je ne désirais que m'en débarrasser.

À plusieurs reprises, ce mélange d'épreuve imposée et de compagnie indésirable m'incita à interrompre le calvaire. Un jour, je m'allongeai derrière une rangée d'arbres ; un autre, je m'accroupis dans les roseaux jusqu'à ce que la bruyante troupe ait disparu de ma vue. Chaque fois, je me sentis libéré cependant que je rentrais d'un pas nonchalant en admirant le ciel pommelé et les piqués silencieux des chouettes.

Ce matin-là de septembre, l'air était doux, et le soleil se montrait par intermittence. La bruyère mauve et dorée enflammait les marais, au-delà desquels s'étalait la surface vert sombre de la mer. La marée basse avait mis au jour une longue étendue de sable clair entre la plage et La Stèle, et M. Parkhouse nous entraîna dessus au grand galop. Mon souffle court et rauque noyait les cris outrés des oiseaux marins. Devant moi se dressait un petit groupe de cabanes de pêcheurs désertées, la plupart fermées à clé et abandonnées à la pourriture, les vitres de leurs fenêtres peintes en noir. Au moment où nous contournions la pointe de la péninsule s'imposa à moi le sentiment que mon talon d'Achille avait subi des dommages irréparables et que je devais m'asseoir ; je profitai de la première maisonnette pour m'éclipser.

Les autres continuèrent leur chemin ; seul Reese resta à sautiller sur place, son sourire désespéré tordu en un rictus dont il n'avait pas conscience.

— Tu fais quoi ?
— Dégage !

Rouge comme une pivoine, il obtempéra. Un silence superbe s'installa. Affalé contre la cahute, je contemplai la houle paisible, tout en laissant ma respiration s'apaiser, jusqu'à ce qu'il n'y eût plus de bruit au monde, et rien d'autre que le sable, la mer et le ciel. Au bout de quelques minutes, la couverture nuageuse se déchira, laissant filtrer un soleil éclatant, et les vagues ternes et lentes se mirent à agiter des diamants.

La voix qui résonna était claire, dotée d'étranges intonations, pas hostile.

— Qu'est-ce que tu fabriques ici ?

Tressaillant, je levai les yeux. Quelqu'un de mon âge se tenait devant moi, prunelles noires et expression inquisitrice. Il était mince, un peu plus grand que la moyenne, pieds nus. Sa tignasse sombre contraire aux canons de la mode était ébouriffée. Un gros pull de marin usé tombait sur un short long et large, un pantalon dont on avait coupé et remonté les jambes.

Il émanait de lui une impression terriblement familière, sorte de version fantasmée de moi-même, et ce visage était celui dont j'avais toujours espéré qu'il me rendrait un jour mon regard, dans le miroir. La texture de sa peau, lumineuse et scintillante, m'évoqua la surface de la mer. Il était d'une beauté presque intolérable, et je détournai le regard, submergé par le plaisir, l'envie et le sentiment que la vie était d'une injustice désespérante.

— Désolé, parvins-je à balbutier, en me redressant.

Il m'observa, notant ma chair blanc bleuté de pensionnaire, le short en coton raide, le maillot de corps trempé de transpiration. Derrière lui, un petit chat gris m'observait également, sa queue fouettant l'air comme un radar qui aurait traqué la présence d'espions. Tous deux me dévisageaient ; ni l'un ni l'autre ne me criant de partir, je pris cela pour un encouragement.

— J'imagine qu'il serait présomptueux de te demander...
(Je cherchai une excuse, n'importe laquelle, pour m'attarder.)
... à boire ?

Il hésita, plus réticent qu'incertain, puis, haussant les épaules, il tourna les talons et disparut à l'intérieur de la bicoque. Le chat le suivit de la démarche délicate des chats. Ravi et surpris par la tournure des événements, je leur emboîtai le pas. Par comparaison avec le beau garçon et l'animal, je me sentais sale et grossier, mais cela ne me dérangeait pas, vu que je ne dédaignais jamais de grappiller un peu de dignité dans le pathos.

Mes yeux mirent un moment à s'habituer à la pénombre de la cabane. Cette dernière ne comportait que deux pièces : un minuscule séjour, face à la mer, et une cuisine tout aussi exiguë à l'arrière, donnant sur les roselières. Des tapis usés et presque décolorés recouvraient un plancher de pin brut, et les restes ébréchés d'un service à thé autrefois raffiné étaient soigneusement alignés sur des étagères en bois. Deux modestes fenêtres offraient une belle vue sur le large. À l'autre bout de la salle, un escalier étroit menait à ce qui devait être une chambre à coucher en mezzanine. Le toit bas pentu suggérait un espace confiné. Sous les marches, un placard était fermé par un loquet en bois abîmé. Des cadres abritant des photographies sans prétention étaient suspendus à intervalles irréguliers sur le mur de l'escalier : homme barbu au visage buriné. Jeune femme. Bateau de pêche. Cheval de trait.

Toutes en noir et blanc. Toutes vieilles de plusieurs décennies.

Le feu qui couvait dans le poêle en fer dégageait suffisamment de chaleur pour rendre les lieux tièdes et confortables comme un cocon. Installé devant, le chat ne me quittait pas des yeux.

— Assieds-toi si tu veux, dit le garçon de sa voix guindée.

À croire qu'il ne parlait pas couramment anglais, ou qu'il avait perdu l'habitude de parler. Ayant rempli une bouilloire avec de l'eau prise dans une grosse boîte de conserve, il la mit à chauffer sur l'une des plaques.

Je repensai aux tristes salles de classe victoriennes de Saint-Oswald, aux dortoirs en brique glacés, à la maison de mes parents que caractérisait une morne respectabilité semi-rurale. Cet endroit était sans prétention et intime, l'atmosphère en était douce, usagée et chaleureuse, fruit d'années d'utilisation. J'avais l'impression d'être tombé dans une faille de l'univers, dans le terrier du lapin, dans une version idéalisée de la revue *Scout*.

Me souvenant du peu d'éducation que j'avais, je me présentai au garçon qui, à l'annonce de mon nom, ne sursauta pas, une réaction rare que j'appréciai à sa juste valeur. À l'idée de devoir, une fois ma tasse de thé bue, retrouver la réalité de la nourriture, des règles et de la vie scolaire, l'anxiété m'envahit. Je m'assis, photographiant la scène des yeux et cherchant des signes prouvant que l'adolescent logeait ici en compagnie d'un adulte quelconque. Bien que très petite, la cabane était très ordonnée. Il n'y avait pas une trace de sable sur le sol, et aucune de ces joyeuses reliques qu'on trouve sur la plage et qui encombre d'ordinaire les rebords de fenêtre. Les tapis, certes vieux, étaient immaculés. Une grosse pyramide de bois avait été érigée près du poêle.

Rien qui ne fût à sa place.

Le garçon revint dans le séjour, porteur d'un plateau sur lequel était posée une tasse décorée de roses.

— Il n'y a pas de lait, m'annonça-t-il en me la tendant, visiblement peu soucieux que ça m'aille ou non.

— Merci, dis-je en avalant une gorgée brûlante. Tu vis seul ici ?

Il n'aimait guère les questions, c'était évident. Sans daigner répondre, il retourna à la cuisine, le chat sur les talons. J'attendis qu'il m'offre une explication. En vain. Je me mis donc à meubler le silence inconfortable en jacassant comme une pie.

— Je suis pensionnaire à Saint-Oswald, révélai-je. C'est diabolique, précisai-je, dans l'espoir de montrer que j'étais de *son côté*. Je déteste les études et je suis nul en sport. On a froid toute l'année, et la nourriture est immangeable. Il n'existe pas de façon plus idiote de perdre son temps. Et son argent, ajoutai-je en levant les yeux, guettant une éventuelle réaction compassionnelle.

Apparemment, il ne m'avait pas écouté.

— Tu as un nom ? demandai-je.

— Finn.

— Enchanté, Finn.

Je terminai lentement mon thé ; cela fait, je ne trouvai aucune raison de m'attarder.

— Il vaut mieux que j'y aille, lâchai-je avec ce qui résonna, y compris à mes propres oreilles, comme un manque de conviction certain.

— Au revoir, dit-il.

Je faillis fondre en larmes.

Dehors, je me retournai pour agiter la main, mais Finn avait déjà refermé la porte sur notre rencontre. Rentré à l'école, je constatai que j'avais séché le petit déjeuner, la prière, le début du cours de latin. Ce qui signifiait une retenue et cinquante lignes de plus à traduire.

Je m'en moquais comme d'une guigne.

5

Presque un mois s'écoula avant que je ne revisse Finn. À force de questions prudentes, j'eus vent de rumeurs concernant un garçon qui vivait seul sur la côte, mais aucun de ceux que j'interrogeai ne parut très concerné par le sujet. S'il existait vraiment, ce môme devait être d'une pauvreté répugnante, allocataire de l'État et flanqué d'une mère alcoolique qui resurgissait régulièrement pour le maltraiter. La cabane empestait sûrement. Autrement dit, ce n'était pas là le genre de destinée susceptible d'éveiller l'intérêt de mes contemporains, dans la mesure où elle supposait indigence, désespoir et privations.

Cela me plut. Finn appartenait à mes fantasmes, je n'étais pas enclin à le partager.

Merci de ne pas vous tromper quant à l'usage que je fais du mot « fantasme ». Je n'avais pas envie de le revoir pour *ça*. Ce n'était même pas tant que je désirais le revoir qu'*être* lui, afin d'échapper aux soupirs déprimants de mes enseignants, ces juges ambitieux de mon existence sans ambition.

— Pas un athlète, soupirait M. Parkhouse.

— Pas un élève non plus, soupiraient mes professeurs de latin, de mathématiques, de géographie, de français, de littérature et d'éducation religieuse.

Pour autant, je n'étais pas encore tout à fait prêt à me résoudre au destin qu'ils envisageaient pour moi, celui d'ancien étudiant d'un lycée privé de second ordre qui décrocherait un boulot de second ordre, épouserait une femme de second ordre, mènerait une vie de second ordre. Rien qu'à leurs têtes, je devinais qu'ils m'avaient déjà étiqueté comme l'employé de banque jamais promu, le comptable incapable d'emmener son épouse et ses enfants à l'étranger, ou pire (imaginez l'horreur !), le chargé des ventes basique, dans la publicité, peut-être, ou les assurances.

Le plus effrayant, c'est que si j'étudiais suffisamment d'yeux pour y déceler suffisamment d'opinions déplorables, je commençais à me dire qu'ils avaient sans doute raison. Qu'en savais-je, après tout ? Ma connaissance du monde me venait des bandes dessinées, des romans policiers et des films de Hitchcock qui mettaient en scène des actrices américaines aux cheveux blonds et raides. Le reste du temps, je le passais à contempler mes professeurs, à fixer les fenêtres, ou à étudier les graffitis obscènes qui décoraient les murs des toilettes. En dépit de mon indifférence extrêmement aiguisée, mon existence se heurtait à quelques petits désirs tristes : un supplément de nourriture, des vêtements qui ne grattent pas ou ne m'attirent pas des humiliations indues, la solitude.

Vingt-quatre jours après ma première rencontre avec Finn,

je me retrouvai de nouveau sur la plage à marée basse, par une journée d'octobre déraisonnablement froide cette fois. M. Parkhouse ayant conduit notre troupeau devant les cabanes de pêcheurs, je remarquai de la fumée qui s'échappait de la cheminée de Finn. Elle formait des volutes languides qui dessinaient des mots de bienvenue dans le ciel gris.

Entre, disaient-elles. *Il fait bon...*

Reese me collait aux basques, vigilant, omniprésent. Mon porte-malheur.

— À plus tard, sifflai-je, en indiquant du menton nos camarades.

Il hésita, réticent, mais finit par disparaître de l'autre côté de la pointe, avec la classe.

J'eus beau rester assis un bon moment (en reprenant haleine de manière ostensible), Finn ne daigna pas se montrer. Je me transformai en rocher sur la plage, inanimé, invisible, comptant les minutes mentalement, me demandant si j'allais devoir attendre encore longtemps, en proie à une telle déception que j'en aurais pleuré. La perspective de ne plus entrer dans cette pièce en bord de mer était insupportable.

J'avais froid. Mes vêtements étaient moites de transpiration, et je frissonnais. Je n'avais d'autre solution que me lever, respirer un bon coup et frapper à la porte. Une fois. Deux. Rien. Et puis, soudain, il fut là, non à l'intérieur de la cahute, mais émergeant des dunes, les yeux clairs, la démarche gracieuse, un petit sourire aux lèvres, comme s'il était possible qu'il fût content de me voir.

Le soulagement me priva de la parole.

Il ne dit rien, se borna à m'ouvrir la porte en un geste de propriétaire, sans se départir de son sourire. Pas un grand sourire, pas un sourire particulièrement insolent, poli, ironique ou superficiel, ne demandant ni n'offrant rien, ni avare ni indifférent, bref, un sourire comme je n'en avais encore jamais vu. Quel sourire, pourtant ! Sa brûlure aurait percé le monde !

— Entre, lança-t-il.

Après ma course, la cabane me sembla trop chaude, et de petits nuages de vapeur s'élevèrent de mes aisselles et de mon entrejambe. Pendant que Finn préparait le thé, je bavardai, mêlant demi-vérités et mensonges éhontés sur la vie à Saint-Oswald. Sur le professeur de latin, homme méchant et impossible, qui nous battait sans relâche et nous obligeait à des actes indécents après les cours. Sur les rats qui nichaient dans nos chaussures la nuit, dont il fallait les chasser tous les matins, couinant et grognant. Sur la nourriture, viande grisâtre noyée dans une sauce brunâtre, les puddings gris-mauve insipides, les légumes cuits jusqu'à se transformer en purée (au moins, ces détails-là étaient réels).

— C'est abominable, soupirai-je. De la torture alimentaire.

Finn touilla le breuvage dans une vieille théière, le versa – il était noir, comme lors de ma dernière visite – et me tendit une tasse. Je m'installai sur mon banc, et lui sur une chaise peinte qu'il traîna près du poêle. Pour la première fois depuis des semaines, je me détendis, bien que la seule preuve de son amitié fût qu'il ne m'avait pas encore prié de partir. Et, à l'instar de ce qui s'était déjà produit, je fus envahi par le désir – celui d'échapper à la morne tyrannie du quotidien et de vivre ici, près de la mer.

Celui d'être Finn.

Je m'imaginai disparaître, purement et simplement. Après une fouille superficielle des marais, l'école me considérerait comme le mauvais souvenir d'une histoire à part ça solide et tout entière dévouée aux médiocres accomplissements et informerait mes parents que j'avais péri lors d'un surprenant accident de bateau, ou que j'avais été frappé par la foudre et réduit en cendres. On verserait quelques larmes à la maison, certes, mais on m'oublierait vite afin de continuer de vivre. Tout le monde conclurait que c'était pour le mieux.

Moi notamment.

Mes vêtements séchaient, le thé me réchauffait, et Finn se leva pour ajouter du bois au feu. Ce dos tourné me donna le courage de reprendre ma question là où je l'avais laissée presque un mois plus tôt.

— Tu vis seul ?

Si, une fois encore, il ne répondit pas, j'assimilai l'absence de déni à un acquiescement.

— Mais on a tous au moins un de ses parents !

Cela à peine formulé, il me vint à l'esprit que ce n'était peut-être pas le cas de Finn, qui était capable d'être le fruit d'une génération spontanée ou d'avoir émergé de la mer comme Vénus. Aucune de ces deux éventualités ne m'eût étonné.

— Quelqu'un d'autre ? insistai-je.

Il se contenta de hausser les épaules, en un geste si définitif que je n'osai poser ma question suivante, à savoir : *Comment diable as-tu réussi à vivre seul dans un état de grâce absolu, loin des autorités locales et du flot incessant des oppresseurs de tout poil qui peuplent chaque minute de chaque destin banal ?* Bien qu'on nous enseignât la fierté de vivre dans une grande démocratie parlementaire, les serviteurs civils qui la dirigeaient constituaient une redoutable bande, une masse informe de gens dotés de boulots (police, travailleurs sociaux, archivistes, enseignants, conseillers municipaux) dont l'unique objectif était de veiller à ce que chaque citoyen piétinât, de sa naissance à sa mort, dans une queue bien ordonnée. Un dossier des services sociaux avait forcément été transmis aux autorités locales, un point d'interrogation en lettres grasses noires à côté du nom de Finn, et la question griffonnée : *Pourquoi ce garçon n'est-il pas scolarisé ?*

J'examinai la petite pièce, les étagères bondées de livres bien rangés, un bateau peint dans son cadre, le banc sous la fenêtre recouvert d'un matelas fin et de couvertures à rayures délavées.

— Mais de quoi vis-tu ?

Il me contempla, l'air de ne pas comprendre. N'était-ce pas évident ?

— L'argent. La nourriture.

— Je travaille au marché. Je transbahute des caisses.

— Mais le lycée ? persistai-je en m'efforçant d'éviter les intonations plaintives.

— Je n'y vais pas.

— *Tu n'y vas pas ?*

— Personne n'est au courant de mon existence, répondit-il avec un regard empreint de douceur. Ma naissance n'a jamais été enregistrée.

Comment ça ? Quel départ génial dans la vie ! Non seulement Finn n'avait pas de parents, vivait seul et ne fréquentait pas l'école mais, aux yeux du gouvernement, *il n'existait pas*. J'avais du mal à en croire mes oreilles. La région était rurale, certes, pas si rurale que ça cependant. Il paraissait impossible que dans cet État moderne du xxe siècle, entièrement préoccupé de l'amélioration des conditions de vie de ses citoyens par le biais d'une implacable conformité et d'un dur labeur, un garçon pût passer à travers les mailles du filet social.

Le mot « envie » manque de force pour décrire ce que je ressentis alors.

J'éprouvai le désir de le rassurer (quoiqu'il n'eût pas l'air d'en avoir besoin), de lui jurer que je ferai tout ce qui était en mon pouvoir pour préserver le secret de sa situation précaire. Bien que j'en susse peu à son sujet, j'étais sûr qu'il était susceptible d'être capturé et disséqué par des officiels bien intentionnés. Ils l'enverraient sans aucun scrupule dans un triste orphelinat dickensien, où on le maltraiterait, le martyriserait, l'humilierait jusqu'à ce qu'on finisse par le retrouver pendu à un nœud coulant de fortune dans sa pauvre chambre sans joie.

Je ne savais pas grand-chose, mais de cela, j'étais certain.

Une dizaine de questions se bousculaient dans ma tête ; avant que j'aie eu le temps de les exprimer cependant, Finn me demanda si j'avais l'intention de regagner le pensionnat. Prenant ça pour une invitation à partir, je m'en allai.

Lorsqu'il ferma la porte derrière moi, j'entraperçus ses traits. Impénétrables, composés. Parfaits.

Règle numéro trois : tout le monde n'est pas soumis aux règles.

Reese m'attendait chez nous, impatient, avide des confidences dont j'avais déjà oublié que je les lui avais promises.

— Alors ? me lança-t-il en s'asseyant comme un écureuil bien dressé, les yeux brillant de curiosité.

— Alors quoi ?

J'étais en retard pour le cours d'histoire.

— Tu as dit…

Je compris.

— Je me suis juste arrêté pour pisser, Reese. Rien de plus.

Son visage se renfrogna.

— Mais... et ce garçon ?

Ramassant mes livres et mes cahiers, j'enfilai mes chaussures sans répondre.

— Je l'ai *vu*, tu sais ?

— Ce que tu es malin !

Sur ce, je quittai la pièce. Son éternelle tristesse me laissait froid, alors, à l'instar d'une bonne partie des faiblesses humaines.

6

Vivre la vie d'un autre, passer son temps à s'interroger sur ce qu'il fait, sur ce qu'il pense, sur ce qu'il éprouve est une sensation étrange. Je me demandais si Finn songeait quelquefois à moi, s'il se retournait et regardait par-dessus son épaule, même, afin de voir si j'avais traversé la chaussée de sable pour lui rendre visite. J'aurais aimé consacrer chaque minute de mon existence à faire ça, ce qui était impossible, naturellement. Je n'étais pas dénué d'orgueil, après tout.

Au lieu de cela, je le traquai.

Les cours terminés, je rejoignis la ville en car, évitant le magasin de confiserie ou d'alcool, où tous les lycéens normaux convergeaient, afin de privilégier le marché. C'était une grosse cité, et les étals couraient sur un demi-kilomètre le long de l'artère principale avant de déborder dans une rue étroite qui descendait vers le marché aux poissons. L'imposant édifice de marbre avec sa balustrade sculptée de dauphins servait toujours, même s'il avait connu des jours meilleurs. Il était délabré et sale, la crasse obscurcissait ses hautes fenêtres. Les caniveaux en marbre retenaient des flaques d'entrailles sanglantes, l'air empestait.

Au bout de la rue principale, on vendait des robes, des chaussettes d'homme et, à la fois irrésistibles et repoussantes, des gaines de dame. D'un beige hideux, elles avaient quelque chose de chirurgical, de solide, comme si elles avaient été conçues pour dissimuler certaines vérités déplaisantes sur le mariage. Venaient ensuite les ustensiles de cuisine, bouilloires en acier et soucoupes bon marché en étain, lourdes assiettes en porcelaine portant, au-dessus du nom du fabricant, une marque rouge qui indiquait qu'elles avaient été éliminées du stock. Puis c'étaient les tissus : grandes bobines d'un matériel de confection gris et rêche mélangeant la laine et des déchets de cellulose, désagréable à porter. Plus loin, ces produits domestiques cédaient la place à des pyramides de fruits et de légumes soigneusement empilés. Comme on était en octobre, il s'agissait de betteraves poussiéreuses, d'énormes choux-fleurs, de choux et de grands cageots débordant de haricots. D'ici deux mois, ça changerait – panais, navets, carottes et patates.

Rien ne distinguait ce marché des dix mille autres d'Angleterre ; il n'empêche, quelque chose dans son vacarme m'enthousiasmait. Il suffisait que je plisse les paupières pour éviter les babioles et les gadgets clinquants, et je n'avais aucun mal à m'imaginer un siècle ou deux auparavant, dans une scène signée Hogarth ou Daumier. Les trognes n'avaient sûrement pas changé depuis – veines éclatées, nez bulbeux et yeux malins directement sortis de *La Carrière d'un roué*[1].

Durant une minute, je ne bougeai pas, m'imprégnant des bruits et de la masse d'humanité chaotique et sonore occupée à ses tâches quotidiennes. À l'école, nous étions soumis à un tel ordonnancement et à des rituels si nombreux, nous avions tellement peu de contacts avec la réalité que nous aurions tout aussi bien pu être des prisonniers sous haute sécurité ou des moines trappistes. Il n'y avait là-bas ni jeunes filles, ni animaux domestiques, ni pères épuisés s'énervant, ni mères à l'indulgence sentimentale, ni chiens à promener, ni chats à nourrir, ni tas de factures arrivant le matin au courrier. En tant que pensionnaires, on veillait à assouvir nos besoins primaires, gavant nos esprits et nos corps de textes et de vérités, mais nous mourions de faim de vivre, et ce d'une façon désespérée, catastrophique, terminale.

J'entrepris de chercher Finn.

Je le trouvai sans peine, au bout du marché, sa silhouette immédiatement reconnaissable au milieu de la race mince et vigoureuse des vendeurs aux épaules carrées. Me tournant le dos, il chargeait des caisses à l'arrière d'une fourgonnette. Un petit bout de femme aux traits durs le surveillait, lui indiquant de temps en temps où allait telle ou telle boîte. Elle avait un foulard noué autour du cou et scrutait régulièrement les alentours, vive, inquisitrice.

Je n'étais pas d'humeur à me faire remarquer, et les marchands commençaient à remballer. Aussi, je rebroussai chemin vers la rue principale, au-delà des chemises de nuit

---

[1] *A Rake's Progress*, série de huit tableaux du peintre anglais William Hogarth (1697-1764) qui raconte la déchéance de Tom Rakewell, un fils de famille dilapidant sa fortune dans le libertinage.

fleuries et des tissus de mauvaise qualité. Je m'arrêtai devant le boucher, dont l'enseigne *Viande fraîche* contredisait l'odeur de mort ambiante. Des mouches avaient colonisé un jarret de bœuf, et les six prunelles vitreuses de trois têtes de mouton en train de pourrir doucement fixaient le monde sans le voir. Frissonnant, je m'éloignai.

Une fois au sommet de la rue étroite, il n'y avait rien d'autre à faire que revenir sur ses pas. Quelques chalands de dernière minute se dépêchaient d'acheter des pommes talées et des oignons à des vendeurs pressés de ranger et de s'en aller. J'avançai lentement et, ce coup-ci, il m'aperçut de loin. Le rythme du chargement s'interrompit quand il vérifia que c'était bien moi avant de jeter un coup d'œil à la dérobée en direction de son employeuse. Elle aussi m'avait repéré, même s'il ne fallait pas être un génie pour distinguer un élève de Saint-Oswald au milieu de cette foule. Les pensionnaires s'intéressaient rarement aux balais à franges et aux légumes et, dans mon uniforme gris et bleu hideux, j'étais visible comme le nez au milieu de la figure.

Je m'approchai en m'efforçant d'afficher un air décontracté.

Finn récupéra son manteau, cependant que la nabote tirait quelques billets d'une ceinture qui pendouillait autour de ses bourrelets. Je me détournai soit par pudeur soit par gêne vis-à-vis de Finn. En réalité, j'avais envie de contempler cette transaction exotique, un troc entre travail et argent. Dans mon univers, ce dernier se résumait aux chèques de ma pension discrètement glissés dans des enveloppes scellées.

Finn s'éclipsa quelques instants derrière l'étal pour revenir avec deux gros sacs – j'aperçus des pommes de terre et des carottes dans l'un d'eux et, dans l'autre, un petit ananas, aussi rare en ces contrées qu'un perroquet d'Afrique.

— Allons-y, décréta-t-il, comme si je passais le chercher au marché tous les jeudis.

J'obtempérai, un demi-pas en arrière et sur sa gauche, aussi obéissant et reconnaissant qu'un chien. Il s'arrêta chez le boulanger, où il fit l'emplette d'une miche de pain. Pendant que le propriétaire l'empaquetait et comptait la monnaie, je cherchai avidement une offrande digne de ma dévotion. Avec un geste que j'imaginai noble, je désignai la pâtisserie la plus élaborée de la vitrine, une absurde composition rose et blanche décorée de roses et de glaçage à la douille, me rendant compte trop tard qu'il s'agissait d'un gâteau de baptême que complétait un chérubin en sucre au milieu. Sous mes yeux horrifiés, l'employée, ou la fille du marchand, plaça théâtralement la chose dans une boîte qu'elle noua avec une ficelle. Finn me jeta un regard amusé quand j'échangeai mon argent contre cette horreur, regrettant par-dessus tout qu'on ne pût remonter le temps et me décharger de ma honte.

Il se mit à grêler. Nous courbâmes les épaules, moi dans mon pardessus réglementaire, Finn dans une veste en toile qui ne paraissait pas très chaude, tous deux sans gants. Nous filâmes en émettant des nuages de vapeur blanche, nos pas résonnant dans les ruelles pavées. Il faisait sombre et froid, quasiment tout le monde était blotti chez soi. De chaque côté de la rue, les cottages se penchaient vers nous, laissant filtrer des murmures et de petits éclats de lumière dorée. J'avais l'impression d'être un papillon de nuit attiré par les pièces douillettes que protégeaient des volets et des rideaux, des pièces bondées de figurines et de meubles laids, des pièces où des hommes et des femmes rougeauds regardaient la télévision, et où ronflaient des colleys abâtardis. La fumée de feux de charbon sortait de centaines de cheminées pour tournoyer dans l'air glacé. Je portais le gâteau dans mon dos, avec raideur, en me demandant s'il serait possible de l'abandonner sur un perron quelconque, tout en allongeant le pas pour marcher au rythme de Finn.

Ce dernier ne parla qu'une fois hors de la ville.

— Tu ne devrais pas être au lycée ?

L'ébahissement me poussa à stopper net.

— Venant de toi, c'est l'hôpital qui se moque de la charité.

Lui continua d'avancer, et je bondis pour ne pas être distancé.

— J'ai renoncé, répondit-il. Plus rien à apprendre.

Il tourna la tête afin de jauger ma réaction, et un coin de sa bouche se tordit sous l'effet de l'amusement. Nous poursuivîmes le chemin en silence jusqu'aux grilles de Saint-Oswald. Là, je tergiversai, ignorant comment aborder le sujet d'une prochaine visite à la cabane. Finn attendait sans rien dire. Je finis par lui fourrer le gâteau entre les mains, marmonnai un au revoir et m'éloignai à grands pas virils, inventés sur-le-champ pour l'impressionner.

Lorsque je trouvai enfin le courage de me retourner, il s'était évaporé.

7

Le cours pénible et informe de mon existence se mit à changer. À l'époque, je n'avais pas la perspicacité de m'émerveiller devant la nature transitoire du désespoir mais, maintenant que je suis vieux, l'expérience m'a appris qu'il en faut très peu pour améliorer ou empirer une vie. Un événement suffit, ou une idée. Quelqu'un d'autre. L'idée de quelqu'un.

Dans notre dortoir encombré où les clichés de journaux représentant des stars de cinéma ou des héros du football occupaient la moindre surface décrépite, je complotai ma nouvelle vie en privé – dans les limites qu'imposait à l'intimité ma cohabitation forcée, s'entend.

— Où étais-tu ? me demanda Reese, toujours aussi curieux.

— À Prague.

Je ne levai pas les yeux, c'était inutile. Gibbon adressa un geste grossier à Barrett, qui étouffa un ricanement moqueur. Fermant les paupières, je les transformai tous les trois en campagnols.

Un sachet en papier lancé par Gibbon atterrit lourdement sur mon lit, où il se fendit en deux, libérant une odeur de pourriture et une longue queue caoutchouteuse. M'en emparant vivement, je la jetai dans le couloir, vers une autre porte, cependant que les comiques hurlaient de rire. Le lendemain matin, je me levai avant l'aube, chipai la traduction hebdomadaire dans le cahier d'exercices de Gibbon, descendis en silence les cinq étages jusqu'aux toilettes, fis bon usage du papier, tirai la chasse et retournai me coucher. Entre cinq et six heures, je dormis comme un bébé.

L'après-midi suivant avait été réservé à mon entretien de milieu de trimestre, *afin d'évaluer les progrès des nouveaux élèves d'une manière compatible avec le souci du bien-être physique et spirituel de nos pupilles qui fait notre réputation.* Je répondis à toutes les questions d'une façon destinée à convaincre Clifton-Mogg que je réussissais du mieux possible. Il acquiesça distraitement pendant que je dévidai l'interminable liste des épisodes déplaisants qui avaient marqué mes six premières semaines de pension, puis envoya un mot à mes parents – *se fait fort bien à son nouvel environnement* –, sans doute le même pour la dix millième fois de sa longue et morne carrière.

En vérité, je m'en *défaisais* fort bien.

Deux jours après ma troisième rencontre avec Finn, je pris la navette pour la ville. J'achetai un horaire des marées chez le marchand de journaux puis je dilapidai un mois d'argent de poche en provisions. D'après l'horaire, la mer serait basse à seize heures. Je retournai donc au pensionnat, patientai devant la grille jusqu'à ce que tout le monde eût disparu, puis partis. En théorie, nous n'étions autorisés à quitter l'enceinte de la pension qu'avec un mot signé par le responsable de notre internat, sauf quand nous empruntions le car pour la ville. Comme Saint-Oswald n'avait pas encore érigé de miradors dotés de mitrailleuses et de projecteurs, cette règle était cependant presque impossible à faire respecter.

Me méfiant de la route, je suivis le sentier parallèle, caché derrière une rangée d'arbres. Le froid était mordant, et la nuit était presque tombée quand j'arrivai à la plage. L'horaire des marées se révéla juste, et je traversai le gué de sable humide à la lueur des ultimes lueurs roses du crépuscule. J'avais calculé que j'avais environ deux heures devant moi, avant que le chenal ne soit de nouveau envahi par la mer.

Il était impossible de ne pas trébucher dans la pénombre, et j'arrivai à la cabane le fond de mon pantalon trempé. Aucune lumière ne brillait à l'intérieur. Je frappai, contemplant le large en attendant qu'on m'ouvrît, un peu effrayé par l'isolement des lieux et le bruit creux du ressac. Le ciel d'un gris uniforme se fondait progressivement dans la mer avant de disparaître au niveau d'un invisible horizon. Il n'y avait ni haut ni bas, ni passé ni futur. Mis à part le fantôme d'un bateau à charbon lointain en provenance de Newcastle, j'aurais pu me croire au XVIIe siècle comme au VIIe. Nulle agglomération pour colorer la nue d'orange, nulle circulation pour assourdir l'air, nul réverbère pour éclairer les parages. Me souvenant de ce que j'avais lu à propos de la stèle découverte dans le voisinage, je m'interrogeai sur les hommes qui l'avaient transportée depuis le Northumberland, sur la façon dont ils s'y étaient pris pour décharger la lourde pierre de leur embarcation, l'avaient transbahutée à l'intérieur des terres et l'avaient dressée en l'honneur de saint Oswald. Je me représentai leurs navires ancrés sur la grève, les feux de camp allumés près des huttes construites à la hâte, les grosses étoiles au-dessus de leurs têtes. Leur proximité m'apeura, leur existence soudain aussi réelle que la mienne. J'aurais pu trouver à mes pieds des restes de marmites saxonnes et d'ossements d'animaux, des traces de vêtements laineux.

L'espace d'un instant, je fus envahi par une envie irrésistible de plonger dans l'eau et de nager pour me libérer du présent.

Toujours pas de réponse.

Je frappai une nouvelle fois, plus fort. Comment pouvait-il être absent ? Et qu'allais-je faire, maintenant ? Longtemps, je ne bougeai pas, silencieux ; puis, aussi doucement que possible, j'actionnai le loquet et poussai la porte.

— Finn ?

Ma voix se refusa à dépasser le chuchotement.

Rien. Il faisait froid et sombre dans le cabanon. Je tâtonnai jusqu'au poêle, certain d'y trouver des allumettes. À raison, même si je les dénichais dans le dernier endroit que je fouillai (une boîte à biscuits en métal fermée par un couvercle). J'en craquai une, cherchant une lampe, me brûlai les doigts et en allumai une seconde en espérant qu'il y en eût suffisamment, notant mentalement d'en racheter lors de mes prochaines courses en ville. À défaut de lampe, je repérai une torche électrique pendue à un crochet près du poêle. Je grimpai sur une chaise afin de m'en emparer.

Les minuscules taches de lumière perçant l'obscurité de la cabane, je me fis l'effet d'un criminel. Coupable et exalté en même temps.

Il y avait des lampes tempête sur les deux rebords de

fenêtre, une troisième près de l'âtre et une quatrième à côté de l'escalier. Je les allumai toutes afin de chasser l'abominable solitude de l'endroit. Et d'avertir Finn. Pas question de lui sauter dessus comme un voleur lorsqu'il arriverait.

En rangeant les allumettes, je trébuchai et renversai une chaise. Il y eut un bruit de vaisselle brisée. Au lieu d'une flaque humide, ce fut un disque fin de thé congelé qui émergea parmi les débris de porcelaine.

Les minutes s'écoulèrent. Assis sur le petit banc près d'une lampe, je me frottai les mains en frissonnant, regrettant de ne pouvoir démarrer le feu. J'étais chez lui, cependant, pas chez moi. De plus, je n'étais pas très doué pour ce genre d'activité.

Le vent s'était levé. Les vagues se fracassaient sur les galets avec force. La bicoque était glacée et pleine de fantômes. Je ne comprenais pas ce que je fabriquais ici, me demandais où se trouvait Finn. Il avait peut-être des amis ailleurs, éventualité que je n'avais jamais envisagée. Notre relation fantasmée ne prévoyait pas de place pour d'autres que nous.

Je tapai des pieds et sautillai sur place pour tenter de me réchauffer. Puis je pris une des couvertures rayées du banc, m'y enveloppai et me blottis dans l'alcôve, de plus en plus gagné par le sommeil, tremblant, l'oreille aux aguets de la mer et de Finn.

Le cliquetis du loquet me réveilla instantanément.

— Qu'est-ce que tu fais ici ? me lança Finn avec un regard dur.

Les mots se bousculèrent dans ma bouche, et j'attrapai mon sac, les doigts raidis par le froid.

— J'ai apporté des trucs.

Il s'était déjà détourné de moi. Mon cœur se serra. J'avais

espéré une visite en confiance, une réunion d'égaux ; j'avais imaginé le soleil bas dans le ciel, la plage rose et dorée, tandis que nous bavarderions avec décontraction tout en buvant du thé noir. Mais ça ?

Finn bourra le poêle de branchettes, de petit bois et de bûches. Il alluma le feu et recula un instant, l'observant fumer, crépiter puis rugir. J'observai son profil, m'inquiétai de savoir s'il était en train de chercher les mots pour me prier de décamper. Comme une minable andouille, je sentis les larmes brûler les coins de mes paupières.

Muet, frigorifié, clignant des yeux avec une rapidité artificielle, je me creusai la cervelle pour trouver les mots susceptibles de rompre le silence.

Finn ne s'était toujours pas retourné.

Mains tremblantes, je sortis mes trésors. Côtelettes d'agneau dans un papier de boucherie souillé de sang. Miche de pain complet. Boîte de thé. Pinte de lait. Un livre, des histoires de pirates, fauché à Barrett. Au fur et à mesure que je les déposais sur le banc, je regrettai soudain de ne pas avoir apporté d'offrandes plus exotiques : couverture en cashmere, chaussettes de laine moelleuses, volumes rares d'histoire anglaise, bateau dans une bouteille. Or, encens et myrrhe[1].

Mais Finn me toisait, à présent.

— Je ne sais pas pourquoi tu es venu.

Je cessai de respirer. Je veux... je veux... je te veux.

Je m'enfuis. Je courus dans mes vêtements mouillés, je courus dans la nuit, la marée à mes trousses, et mes yeux noyés d'eau salée. Je courus tout le long du chemin, jusqu'à mon véritable foyer, le seul endroit où je fusse à ma place.

---

1. Matthieu 2 : 11.

— Hé ! Visez un peu qui est là !

Courbé sur un devoir d'histoire, dans notre salle d'étude, Gibbon était ravi par la tournure des événements, lui qui, visiblement, s'était résigné à une longue soirée ennuyeuse.

— Tu as fini de baiser grand-père ?

À l'autre bout de la pièce, Reese ne moufta pas. Sa place dans la hiérarchie était délicate. Devant la cheminée, Barrett faisait brûler du pain à l'aide d'une fourchette. Le petit tas de charbon volé lançait des flammes bleues sans pour autant réchauffer les lieux.

— Allez, séducteur, montre-nous ton truc, insista Gibbon, que sa propre saillie rendit hilare.

Barrett retira sa fourchette du feu et l'agita dans ma direction afin de m'encourager.

— Vas-y ! renchérit-il en émettant des bruits de succion obscènes, histoire de reprendre les rênes.

Je regardai tour à tour ces colossaux crétins puis me penchai par-dessus le bureau de Gibbon, mon visage tout contre le sien, les lèvres plissées pour un baiser. Il se recula vivement, et je glissai mon pied sous sa chaise, la renversant. Le fracas et les cris qui suivirent détournèrent l'attention de Barrett assez longtemps pour que j'aie le temps de m'approcher tranquillement du feu et d'y laisser tomber la rédaction de Gibbon. Le mauvais papier fuma trois secondes avant de s'enflammer.

Reese porta ses mains à sa bouche afin de cacher un sourire béat.

Je dépassai un Gibbon gémissant (en dépit de l'impressionnante coupure sur sa nuque, il réussit un joli plongeon) et lui claquai la porte au nez. Le torrent d'insultes qui en résulta ne mérite pas d'être rapporté.

Gibbon passa le reste de la soirée à l'infirmerie, tandis que je m'efforçai d'anticiper sa prochaine attaque. Il était bien plus facile de lire dans son cerveau que dans celui de Finn, bien que ses tendances psychopathes m'entraînassent vers des endroits que j'aurais mieux aimé éviter. Quelques jours plus tard, lorsqu'une odeur de poisson pourri commença à m'escorter en cours, je faillis l'admirer, même si l'idée empestait (littéralement) l'intelligence plus subtile de Barrett. Gibbon aurait sûrement préféré m'écraser une enclume sur le crâne.

Soudain, je trouvai des harengs partout. Dans mon lit, mes chaussures, ma casquette, mon blazer, mon cartable, mon sac de sport. C'était là un stratagème diablement efficace, une puanteur dont il était impossible de se débarrasser, au regard des faibles moyens dont disposait un lycéen. Le temps que le responsable du pavillon comprît la méchante blague, j'avais acquis un nouveau sobriquet et la réputation d'être un répugnant personnage.

Chasser les harengs de mes affaires personnelles occupa la plupart de mon temps libre durant presque une semaine. Je fus cependant assez sage pour ne pas me plaindre ni officialiser l'offense, et les hostilités finirent par s'apaiser. Durant cette période, Reese m'apporta une forme de consolation, à force de petits sourires occasionnels et de gestes de la main furtifs. Je lui en fus reconnaissant. Quand je m'aventurais au-delà du terrain de sport, dans les bois, il me suivait, quelques pas en arrière, pareil à une épouse indienne obéissante. Une vieille haie d'ifs, presque creuse, me fournit un excellent abri où m'asseoir et lire. Elle était certes humide, mais tout l'était dans ce pays. J'y connus des moments presque heureux, ne cédant que rarement à la tristesse d'avoir autant perdu, d'avoir presque failli gagner autant.

8

Je n'avais pas besoin de Finn.

Voilà pourquoi, lors de notre sortie suivante sur la chaussée, à la mi-novembre, arbres nus et jours longs de seulement quelques heures, je ne ralentis pas, ne laissai pas voir que quelqu'un (encore moins quelqu'un de ma connaissance) vivait dans la cabane. Pourtant... la physiologie avait ses impératifs, et il ne servait à rien de feindre que mon pouls affolé et mon visage empourpré ne le devaient qu'à la fatigue de l'exercice.

Reese pantelait à mon côté. Il traînait dans mon sillage avec tant d'opiniâtreté, ces derniers jours, que nous étions à deux doigts de devenir un duo comique – Hareng et Reese. Je tolérais sa présence, parce qu'elle comblait mon manque d'amis. Quand nous eûmes contourné le museum du rat, je ralentis puis m'arrêtai. Reese hésita mais, après quelques coups d'œil timides entre moi et la meute qui s'éloignait, il continua de courir.

Quel garçon courageux j'étais ! Agir avec pareille impudence devant un tel observateur *et* prendre le risque d'envenimer la blessure de mon cœur. Ah ! l'acharnement, l'entêtement aveugle et sot de la jeunesse !

De la fumée s'échappait de la cheminée. Aiguillonné par la colère et un certain fatalisme, j'ouvris sans frapper. Je suis revenu, dis-je en silence, audacieux. Que ça te plaise ou non.

Et le miracle se produisit. L'expression de Finn (à moins que je ne réécrive l'histoire, à moins que je me sois montré incapable sur le moment de la décrypter, à moins que le désir ait la capacité de pervertir la vérité) ne fut pas celle de la stupeur, mais celle du *soulagement*.

— Salut ! lançai-je, la bouche tordue en une petite grimace satirique, le moral à un beau fixe prudent.

Il alla jusqu'à sourire. De ma ridicule tenue de coureur, peut-être, de mon effronterie affichée, de mes jambes vulnérables. De ma témérité idiote. De mon toupet incroyable.

Il sourit.

Puis il prit une casserole et sortit. Quand il revint, elle était pleine d'eau et sentait la mer. Il la posa sur le feu, y lâcha une demi-douzaine de pommes de terre, mit un peu de saindoux dans une lourde poêle et attendit qu'il fonde. Avec un soin infini, il plaça ensuite un poisson brun dans la graisse crépitante. Pendant que ça cuisait, il dressa la table pour deux – deux assiettes, deux fourchettes, deux couteaux – et se tourna vers moi. Interrompit ses gestes. Parla à voix basse :

— Je ne suis pas de très bonne compagnie.

Ces mots étaient-ils empreints d'un début d'explication ? Non que cela eût de l'importance. Je lui avais déjà pardonné.

— Assieds-toi, me dit-il.

J'obéis, pas plus doué pour m'inviter que lui pour recevoir.

Soudain, je mourais de faim. En dépit du silence, de l'absence de laine trempée de sueur et de l'odeur de pieds de quatre-vingt-dix autres garçons. Je m'obligeai à manger lentement, à ne pas engloutir ma nourriture comme un chien craignant que quelqu'un ne vienne la lui retirer en plein milieu de son repas. Je finis quand même avant lui.

Finn prépara du thé que nous sirotâmes, bercés par le bruit de la mer, cependant que la chose que je n'osais nommer brûlait entre nous. Tout à coup, le silence me devint insupportable, et j'entrepris de lui raconter ma famille, mes deux premiers pensionnats, Reese, Barrett et Gibbon, tout ce qui me traversait l'esprit.

Il écouta poliment, sans faire de commentaire, le visage légèrement détourné. Je n'eus droit à aucune des remarques ordinaires qui sont le lot des gens normaux, à aucune des blagues hilarantes qu'auraient pu lancer mes camarades de lycée. Finn se contenta de rester assis, le visage neutre, ses cheveux bruns cachant son expression – en admettant qu'il en eût une. Il aurait pu tout aussi bien dormir, tant il était placide. Pourtant, je *sentais* qu'il m'écoutait, je voyais presque mes paroles former de longs chemins autour de sa tête, la contournant, cherchant un passage, jusqu'à ce qu'il soupire, cède et leur ouvre la porte. La joie et la honte de m'exhiber ainsi rougissaient mes joues, là où lui était à l'abri, silencieux derrière sa frange, derrière les longs cils noirs qui protégeaient ses yeux, ses pensées et l'accès à son âme.

Finissant par être à court de mots, je me tus, m'entêtant à guetter une réaction. On ne lui avait peut-être jamais expliqué le concept de conversation. À mesure que les minutes défilaient, et qu'il ne disait rien, je fus saisi d'une irrépressible envie de rire, de reconnaître ma défaite et la victoire de son mutisme. Renonçant, je lui demandai comment il s'était retrouvé à vivre ici.

Je crus qu'il n'avait pas entendu la question et m'apprêtai à la poser une seconde fois, quand il se mit à parler, lentement, à tâtons, au cas où les mots auraient recelé un piège.

— La cabane appartenait à ma grand-mère.

Il s'interrompit.

— Elle m'a appris à lire, et un peu d'histoire, poursuivit-il. Comment manœuvrer un bateau. Je faisais la cuisine à sa place, parce que, à la fin, elle n'y voyait plus bien.

Ces brusques révélations me prirent complètement au dépourvu, et je me triturai l'esprit en quête d'une réponse adéquate, de n'importe quelle parole susceptible de le pousser à continuer. *Comment s'appelait-elle, à quoi ressemblait-elle, comment se fait-il qu'elle habitait un cabanon à moitié en ruine sur la plage ?*

— Elle avait grandi à Ipswich, ajouta-t-il en se tournant vers moi, la tête un peu penchée. Dans une grande maison. Elle désirait devenir enseignante, mais son père estimait que l'instruction n'était pas pour les filles. À dix-huit ans, elle s'est enfuie avec un homme, et son père l'a déshéritée, laissant tout à ses fils.

Il se tut, me lança un regard grave.

— Si elle était restée, il aurait sans doute agi ainsi, de toute façon, précisa-t-il.

Concentré, j'essayai de me représenter une image claire de cet arbre généalogique à partir de ces bribes d'information.

— Elle a déménagé dans la cabane à la mort de son mari.

D'autres personnes habitaient là, à l'époque. Des pêcheurs et leurs familles. Les gens étaient pauvres, et ça ne coûtait pas grand-chose.

Je scrutai les ombres de son visage afin de repérer des traces de son passé. Les générations précédentes avaient sûrement influé sur la couleur de ses yeux, la courbe de son front, la forme de ses pommettes. Ses ancêtres avaient-ils survécu jusqu'à maintenant, contrairement aux miens ? Nos photographies de famille montraient de respectables banquiers et hommes de loi en sobres tenues edwardiennes. Ils fixaient l'objectif, impassibles, et ne paraissaient avoir de liens de parenté avec personne en particulier. Ni mon père ni ma mère n'auraient été capables de donner vie aux générations précédentes, au cas peu probable où ils s'y seraient risqués. Mon histoire s'était évaporée avant même que je ne fusse né.

Je ne bronchai pas. Quand Finn se décida à relever les yeux, se rappelant ma présence, il bâilla et indiqua le banc.

— Il est tard, tu peux dormir ici. Les toilettes sont dehors, je te montrerai.

La marée devait être haute. Je n'avais aucun moyen de retourner à Saint-Oswald. Terreur et résignation me submergèrent en même temps. Lorsque je croisai le regard ferme de Finn – un peu étonné, un peu impatient –, je me rendis compte que la décision avait déjà été prise. Le cœur battant, je le suivis jusqu'aux toilettes de camping vieillottes. D'accord, songeai-je, j'y réfléchirais le lendemain. Je trouverais un moyen de m'en sortir. Je...

Une bourrasque chassa la chaleur de mes vêtements et la raison de mon cerveau. Contemplant le ciel, je cherchai les deux constellations que je connaissais, comme si, d'une transgression aussi importante, je pouvais tirer une leçon d'astronomie.

Lorsque je réintégrai la cahute, m'attendaient sur le banc un oreiller bosselé et un tas de couvertures – les rayées épaisses que l'âge avait délavées. Je n'avais pas envie qu'il me quitte déjà.

— Ta grand-mère... quand est-elle morte ?

— Il y a quatre ans. Les notaires ont localisé son plus jeune frère. Il est venu de Cornouailles pour régler l'enterrement. Ils ne s'étaient pas adressé la parole depuis des années.

— Personne ne s'est inquiété de ce qu'il allait advenir de toi ?

— Je lui ai raconté que c'était entendu, que j'allais vivre chez ma mère. Il n'a pas vérifié.

Nouvelles mailles dans le filet. J'essayais de m'imaginer me débrouillant seul à... quoi ? Douze ans ?

— Mais elle...

Il attendit.

— Ta mère, elle ne savait pas... elle ne sait pas que tu vis ici ?

Ses traits s'adoucirent.

— Elle avait seize ans à ma naissance. Dix-neuf quand elle est partie. (Il se baissa pour ramasser le petit chat.) Je ne me rappelle plus à quoi elle ressemble.

Je pensai à ma propre mère, aussi fiable qu'un meuble.

J'avais bien d'autres questions, mais la discussion était close. Un contrat complexe était en train de s'établir, par lequel Finn acceptait de tolérer ma présence, par lequel j'acceptais de le vénérer – entièrement mais prudemment, afin de ne pas démolir le fragile équilibre de son existence.

Le chat sauta de ses bras, et Finn traversa la pièce pour

fermer le volet du poêle. Sans dire bonne nuit, il me tendit une lampe et disparut dans l'escalier. J'étalai les couvertures et me glissai dessous. Je restai un long moment allongé ainsi, emmitouflé pour me prévenir de la nuit, écoutant le vent, contemplant les cadres accrochés aux murs et les ombres vacillantes qu'y projetait la flammèche.

Je peux retourner là-bas, maintenant, blotti dans une poche de chaleur tandis que le feu meurt et que la cabane fraîchit, protégé contre le rugissement des rafales, enveloppé dans des couvertures imprégnées de l'odeur de fumée de bois de Finn, et toujours conscient de sa présence sur la mezzanine, mystérieux et fort comme un ange. Après toutes ces années, je repense rarement à cette nuit sans succomber à des émotions à la fois merveilleuses et affreuses, à un sentiment aussi profond que la mer et aussi vaste que la nue nocturne. C'était de l'amour, bien sûr, même si je l'ignorais alors, et Finn en était à la fois le sujet et l'objet. D'instinct, il l'acceptait, sans responsabilité ni condition, tel un animal sauvage entraperçu entre les arbres.

Je finis par souffler la lampe, bien qu'il fût encore tôt pour moi. Puis, séparé de la nuit par seulement quatre petits murs fragiles et l'idée d'un ami, je m'endormis.

9

Quand le soleil m'éveilla, Finn était parti. Je fus déconcerté par son aptitude à s'esquiver sans que je l'entende, mais je n'avais pas le temps de traîner. Je m'habillai en vitesse, remerciai brièvement le ciel pour la marée basse et courus jusqu'à la pension en comptant me faufiler en douce au petit déjeuner, espérant que personne n'aurait remarqué mon absence.

Le responsable de mon pavillon m'attendait devant les grilles de Saint-Oswald en compagnie de la police.

On téléphona à mes parents pour les informer que j'étais vivant et on rappela un bateau de secours envoyé en mer. Je fus châtié pour avoir enfreint les règlements du lycée de façon aussi extraordinaire. La punition consista à me confiner dans les murs de l'école et à me priver de tout privilège. Lors d'une conversation sérieuse avec Clifton-Mogg, je fus menacé de renvoi, ce qui, une fois n'est pas coutume, m'inquiéta.

Pourtant, bizarrement, nul ne me demanda où j'avais passé la nuit ni à quelles turpitudes je m'étais livré. Je trouvai cela surprenant, satisfaisant, hilarant, comme si « en dehors de l'enceinte de l'établissement » était un endroit générique ne nécessitant aucune précision supplémentaire. Cet oubli confirma ma conviction quant à l'imbécillité du prétendu monde *réel*, celui dans lequel je faisais semblant de vivre la plupart du temps. Je dédaignai les regards furibonds de l'autorité et les railleries de mes camarades de chambrée ; j'ignorai surtout Reese, qui rôdait, s'attardait, bourdonnait autour de moi avec son amitié collante, ses questions sournoises et son allusion à peine déguisée : il *savait*.

Qu'il savait quoi ? Qu'il en savait assez pour me dénoncer ?

Je fus gardé sous clé durant pratiquement un mois, jusqu'aux vacances de Noël. Ne me fut autorisée que la fréquentation des cours et du réfectoire. Rien ne différenciait les jours. Cela ne m'aurait pas gêné, pour peu que j'eusse un moyen d'expliquer à Finn pourquoi je gardais mes distances. Il s'en fichait peut-être ; moi, je rêvassais souvent devant la fenêtre, à l'instar de la femme d'un capitaine parti en mer.

À la fin du trimestre, mon père vint me chercher.

— Inutile de te signifier à quel point je suis déçu, me dit-il en secouant la tête. Non seulement tes notes sont épouvantables, mais cette autre affaire... (Il me regarda avec une expression qui frisait le mépris.) Qu'est-ce qui t'a traversé l'esprit ? Et si tu étais mort de froid ? Si tu avais été renversé par une voiture ? Comment crois-tu que nous aurions tous réagi ?

Comment *nous* aurions réagi ? Il me semblait savoir comment j'aurais réagi. Mort, glacé, raide, mes entrailles tordues et infectées par la décomposition. J'aurais peut-être éprouvé du soulagement. J'étais cependant incapable de convoquer assez d'émotion pour pleurer sur cette perte imaginaire de moi-même, comme je l'étais d'évacuer le soupçon que j'aurais été mieux sans corps ou, du moins, sans ce corps spécifique. D'abord, les occasions de trahison à tout-va eussent été moins nombreuses. Plus de maladresses, plus de tâtonnements, plus de poumons en feu et de joues marbrées de rouge. L'éventualité d'être débarrassé de mon moi physique me réjouissait infiniment.

— ... ta mère et moi avons eu une longue discussion sur le bien-fondé de ton maintien à Saint-Oswald...

— Quoi ? m'écriai-je en revenant brutalement à la conversation. Mais je ne peux pas partir !

Mon père me toisa avec un mélange d'étonnement et de vague dégoût.

— Viens, conclut-il, nous en reparlerons plus tard.

L'après-midi touchait à sa fin quand nous démarrâmes, et l'essentiel du trajet se fit de nuit. Au bout d'un moment, je mis mon cerveau au point mort et fixai l'obscurité, comptant les phares qui dessinaient de longues silhouettes brillantes sur ma vitre. Kilomètre après kilomètre, je songeai à la seule chose à même d'occuper mon esprit.

En dépit de l'heure tardive, ma mère nous accueillit sur le seuil en poussant des cris de bienvenue. Elle prépara du chocolat chaud, me soulagea de mes vêtements sales et me souhaita une bonne nuit en m'embrassant avec une affection nerveuse. Le tiroir du bas contenait un pyjama soigneusement repassé. Je l'enfilai et me réhabituai au confort peu familier et mou de mon foyer. Bien que j'en fusse parti depuis près de quatre mois, rien dans ma chambre n'avait changé. D'ailleurs, rien n'avait beaucoup changé depuis les débuts de ma scolarisation, douze ans auparavant. Sauf moi, bien sûr, mais je comptais si peu.

Le lendemain matin, je me glissai dans mon ancienne peau comme un acteur de pantomime se fourrant dans un déguisement de cheval. Les consignes ici (règles, costumes, bonnes réponses) étaient les mêmes que partout ailleurs.

Mère parut contente de me revoir, malgré ma disgrâce. Pendant les trois semaines des vacances de Noël, elle m'adora à sa façon, et lorsque vint l'heure de retourner en pension, elle et mon père semblèrent contrariés par ma bonne humeur. À la réflexion, je me faisais fort bien peut-être à mon nouvel environnement.

10

Avec la monarchie et l'armée, les pensionnats des années 1960 constituaient les derniers avant-postes du malheureux Empire britannique ratatiné – et l'ensemble des valeurs héritées du XIXe siècle allant de pair. Cela signifiait que nous étions soumis à un code de conduite qui tolérait tous les points faibles, sauf ceux se rapportant à la loyauté et au rang. N'ayant enfreint ni l'un ni l'autre, je fus accueilli par des bourrades dans l'épaule, mes crimes du trimestre précédent oubliés.

— Nos relations reposent sur la confiance, me déclara Clifton-Mogg avec solennité. Il nous a été donné de vous éduquer, et nous vous faisons grâce de vous croire capable de vous comporter avec maturité et dignité. Ce trimestre représente une chance de nouveau départ, et nous ne doutons pas que vous saurez répondre en homme à notre geste.

Il avait l'air sournois, comme s'il doutait de son discours, comme s'il était conscient que je le soupçonnais d'en douter, comme s'il savait que j'en doutais également. Nonobstant, j'affichai une sincérité qu'il apprécia, parce qu'elle nous facilitait la tâche à tous deux. Je n'eus, bien sûr, aucun mal à paraître authentiquement ravi ; j'escomptais mettre à profit ces bêtises de confiance mutuelle pour décamper à la première occasion. Dès que la marée me le permettrait.

Les marées étaient cruciales. Le trajet du pavillon à la cabane de Finn prenait trente-cinq minutes (vingt jusqu'au gué sablonneux, quinze pour traverser La Stèle jusqu'à sa pointe). Toute une série d'autres considérations entraient en jeu, cependant. Emprunter le sentier était plus long que suivre la route, mais moins risqué quand on souhaitait ne pas se faire pincer. À marée basse, je disposais d'environ deux heures de chaque côté, durant lesquelles il m'était possible d'aller de l'île à la côte (et *vice versa*) sans être trempé, même si ce répit variait en fonction des phases de la lune et de la force des marées. L'un dans l'autre, j'avais droit à quatre heures (maximum) au cabanon, plus les soixante-dix minutes de trajet. À quelques secondes près en plus ou en moins. Naturellement, il y avait toujours l'éventualité de jouer sur deux marées – traverser deux heures après la première marée basse et revenir deux heures avant la suivante : douze heures moins quatre heures plus le trajet, égal neuf heures et dix minutes. Ou alors, je pouvais rester toute la nuit en priant pour ne pas avoir d'ennuis. Sauf que je ne tenais pas à renouveler l'expérience aussi tôt. Du moins, pas sans avoir au préalable conçu un stratagème plus sophistiqué.

D'aucuns jugeront quelque peu fanatique de minuter les choses de façon aussi précise, mais nous vivions au rythme des minutes : minutes volées, minutes séparant les cours, quatre minutes pour fumer une clope, vingt pour boire une pinte au pub, temps libre pendant lequel nous achetions de faux sujets d'examen ou nous adonnions à la contrebande. Chaque minute comptait dans la course entre une leçon et la navette à destination de la ville, dans celle du retour pour attraper le dernier car (quinze minutes), sous peine d'être contraint à faire de l'auto-stop (trente minutes et plus), à se dégoter un taxi (extravagance quasi insensée qui pouvait prendre jusqu'à une heure), ou à trotter sur les six kilomètres séparant la ville du lycée (de vingt-six à quarante minutes selon la forme que vous entreteniez).

Tout cela explique que, l'horaire des marées coincé dans mon livre de conjugaisons latines, je me consacrai aux calculs indispensables et planifiai ma prochaine campagne.

Cette fois, j'achetai du bacon et des biscuits pour le thé, deux boîtes de haricots, douze saucisses, un pot de moutarde et des allumettes. Le minimum vital tel que le conçoit un lycéen. J'y ajoutai un exemplaire de *Moby Dick* et une édition assez récente du dernier James Bond (très demandé) fauché à la bibliothèque de Saint-Oswald. D'après ce que j'en savais, Finn lisait beaucoup et semblait avoir mémorisé la maigre collection de la cabane. Son goût pour la fiction dépassait le mien de loin. Il faut croire que, au bord de la mer, il n'y avait guère d'autres manières de se divertir. Quant à moi, je l'avais, lui.

Dans mon impatience, j'arrivai à la plage une heure trop tôt, en ce premier samedi matin du deuxième trimestre. La marée descendante recouvrait encore la chaussée de quelques centimètres d'une eau glaciale et verte. Je n'avais guère envie de traîner dans le froid, cependant. Retirant mes chaussures et mes chaussettes, relevant mon pantalon, je me lançai – de l'eau boueuse jusqu'aux chevilles, puis jusqu'aux genoux, puis jusqu'aux cuisses, ce qui déclencha ma panique, mon sac trop rempli en équilibre sur la tête, incapable (et peu désireux) de faire demi-tour. Presque immédiatement, je perdis toute sensation au niveau des pieds, ce qui me rendit encore plus maladroit que d'habitude. Mes bras étaient douloureux sous le poids de ma charge.

À mi-chemin environ, je pris conscience de mon idiotie. Le courant était si fort que je risquais d'être emporté et de me noyer. Je marchai sur quelque chose d'instable, glissai, et il me fallut quelques secondes terrifiantes pour retrouver mon équilibre. À présent, mes provisions et moi étions trempés.

C'est ainsi que mouraient les gens, songeai-je, plus intrigué qu'effrayé par la difficulté de ma situation. C'est ainsi qu'ils étaient balayés par les flots et faisaient les gros titres du lendemain (*Un lycéen se noie, le monde s'en fiche*), sans que ne fussent mentionnées les raisons pour lesquels le susdit lycéen était au milieu d'un chenal dangereux, un sac sur le crâne. Je tentai de tenir bon, m'arrêtant afin de reprendre haleine, imaginant la jubilation secrète qui accueillerait une nouvelle aussi tragique. Je serais définitivement désigné aux yeux de toute la pension comme le colossal crétin qu'on m'avait toujours soupçonné d'être. Même si cela supposait de tomber dans le réprouvé « on ne dit pas de mal des morts », j'aurais droit à un panégyrique me consacrant comme un imbécile incompétent et sexuellement ambigu. Pour une fois, ils auraient raison, pensai-je en toussant parce que je venais d'inhaler une vague, un genou déjà à terre, les yeux fermés pour occulter la face sombre de la mer.

Dans un ultime effort herculéen, je m'affalai sur la plage, épuisé, et regardai la rangée de cabanes. Aucune trace de

Finn, Dieu soit loué. Rien que *l'éventualité* de sa présence me faisait trembler.

Il me fallut presque vingt minutes pour essorer mes vêtements au mieux, rassembler mes affaires et repartir. Ce fut gelé, humide, les dents claquant, que je frappai à la porte. Finn m'ouvrit tout de suite, apparemment peu surpris soit de me voir soit par mon apparence. Il sourcilla, sans réprobation toutefois.

— Entre, m'invita-t-il sur un ton ni entièrement compassionnel ni totalement moqueur, mais recelant d'infimes traces des deux. Tu n'as pas encore pris le coup, hein ?

11

— La mer monte rapidement, m'expliqua-t-il, les yeux poliment détournés pendant que je quittais mon uniforme mouillé pour un pull en laine (un des siens) et une serviette usée jusqu'à la trame. Géologiquement parlant, s'entend. La marée haute a entrepris de nous couper du monde il y a dix ans.

Regardant par la fenêtre, je vis les flots, à une quinzaine de mètres de là seulement. Ça n'était pas très loin, dans la mesure où les eaux étaient à leur point le plus bas, à ce moment-là. Finn suivit mon regard.

— Si tu compares le tracé de la côte actuelle avec des cartes ayant une centaine d'années, tu constateras combien il a changé.

Je m'essuyai les jambes en m'efforçant de dissimuler au mieux ma physionomie. Non que cela eût beaucoup d'importance, car Finn semblait ne jamais me prêter une attention aussi intense que celle que je lui portais. Aurais-je arboré un bandeau noir sur un œil, me serais-je teint les cheveux en mauve, me serais-je mis à bégayer, il n'aurait pas battu un cil.

— Nous avons commencé à utiliser des sacs de sable, récemment. Les tempêtes de l'an passé ont inondé la maison pendant trois semaines. Je vivais à l'étage et je mettais des cuissardes pour allumer le poêle. Pas très marrant.

Il tendit le bras derrière moi afin d'attraper un livre, un recueil de cartes locales.

— Tiens, me dit-il en le posant sur la table et en l'ouvrant à la page consacrée à notre région. Ces lignes montrent le littoral tel qu'il était en 1800, 1850 et 1900.

Son doigt se promena sur le plan.

— À qui appartiennent ces terres ?

— Elles sont communales, depuis 1656. L'île était encore rattachée aux berges, à l'époque.

Il s'exprimait de manière pittoresque, avec les intonations vieillottes léguées par sa grand-mère. Elle lui avait appris à lire, appris l'histoire du coin, comme elle-même l'avait apprise. J'étudiai la carte, tout en pensant à la cabane inondée pendant ces semaines d'hiver glacial. J'en frémis.

— Et s'il arrivait quelque chose ? demandai-je en resserrant la serviette autour de ma taille, ayant omis de préciser « s'il *t*'arrivait quelque chose ? ». Pendant une tempête, que sais-je ?

Il éluda la question d'un haussement d'épaules. J'avais la réponse, cependant. Il n'avait personne. Dans un élan d'orgueil, de sens des responsabilités, d'arrogance, je songeai : *Je serais celui à veiller au grain.* J'endosserais le rôle de tuteur, de membre de la famille, d'ami – tous les rôles.

— Il y avait une ville, pas loin, autrefois. Une grosse ville. Entre 600 et 1200. De temps en temps, je trouve des trucs sur la plage. Regarde !

Il s'était approché de la fenêtre. Je regardai. Dans sa paume reposaient un tesson de poterie et une pièce de monnaie. Il me les tendit, je les pris et les retournai doucement. J'avais entendu parler de la cité ; elle appartenait à la légende de Saint-Oswald, était surtout célèbre pour ses dix-neuf églises qui avaient été englouties par les flots avec le reste de la ville, lors d'une grande tempête, au Moyen Âge.

La poterie, lisse, ressemblait à tous les bouts de terre cuite que j'avais pu voir, mais la pièce était belle, malgré ses faces corrodées d'un gris sombre. L'une d'elles représentait une tête d'homme en partie effacée, l'autre un soleil. Je me demandai qui l'homme avait pu être, quand il avait vécu.

Finn m'observait comme s'il jaugeait la qualité de mes réflexions. Soudain, il se mit debout, signalant ainsi que c'en était fini des questions pour aujourd'hui. Le chat s'étira et s'enroula autour de ses jambes avec l'aisance d'un propriétaire, avant de retourner à sa place, à côté du poêle.

Oh ! Puissé-je être ce chat près de l'âtre !

Je suivis Finn dehors, et nous entreprîmes d'arpenter la plage, ramassant du bois et des morceaux de charbon échoués. Bien que l'hiver fût à son apogée, la journée était ensoleillée, le ciel dégagé, l'air brillant, et je me mis à chanter de manière saccadée, entonnant mon répertoire plutôt limité. Je commençai par *All Things Bright and Beautiful*, et j'avais largement entamé une version fort émouvante de *It's Now or Never*[1] en donnant le meilleur de mes roucoulades à la Elvis

---

1. Hymne écrit en 1848 par Cecil F. Alexander sur une musique du XVIIe siècle ; chanson d'Elvis Presley sur l'air de *O sole mio* (1960).

quand, avec une grimace, Finn me lança le plus gros galet qui lui soit tombé sous la main.

Le bois, souvent imbibé d'eau, pullulait sur la laisse. La mer était agitée, et le soleil avait beau empêcher qu'il gelât, il ne fallut que dix minutes à mes doigts pour s'engourdir et bleuir. Finn contemplait les flots.

— Je dois aller relever mes pièges, annonça-t-il sans se tourner vers moi. Tu sais nager, par hasard ?

Évidemment que je savais nager, ayant été gavé de leçons de natation dans tous les sinistres établissements que j'avais fréquentés depuis ma naissance. C'était une autre facette de la mentalité héritée de l'Empire, une part de notre préparation à survivre à bord du *Cutty Sark*, du *Victory* et du *Titanic*. Je scrutai les eaux grises avec suspicion. Je ne mourais pas d'envie de faire montre de mes talents ici (la mer du Nord) et maintenant (janvier). Une noyade par jour me suffisait amplement.

— Je préfère t'attendre, répondis-je en m'efforçant d'adopter un ton décontracté.

Finn traîna un long kayak vert de derrière la maison jusqu'à la grève. Le chat l'ayant suivi, il l'invita à le rejoindre par des claquements de langue, mais l'animal tourna les talons au dernier moment. Alors, tel un gymnaste, dans un enchaînement de gestes fluides, une main de chaque côté de l'esquif, Finn se glissa à l'intérieur et s'éloigna en pagayant, gauche, droite, gauche – habile, habitué. Comment réussissait-il à garder l'équilibre à bord d'un bateau d'aspect aussi fragile ? Cela m'échappait. Pourtant, lui et le kayak fendaient les vagues avec une aisance gracieuse, comme s'il s'était agi d'un étang calme par un jour sans vent de juin. Finn avait presque disparu derrière la houle quand il se positionna face au littoral. Il attrapa une bouée rouge, hissa la nasse et en renversa le contenu dans un sac de toile avant de ramer jusqu'à la suivante. À présent que je savais où regarder, j'aperçus les flotteurs, cinq en tout, installés parallèlement à la côte.

Tant que je le supportai, je restai sur la plage. Ça ne dura pas, néanmoins, et je me retirai dans la cabane afin de continuer à observer Finn par la fenêtre. Mes doigts finirent par retrouver leur couleur rose, processus long et douloureux.

Quand Finn rentra, je perçus presque la chaleur qui émanait de lui ; ses cheveux étaient plaqués en arrière par l'eau de mer et la sueur. Dans une main, il tenait le sac en jute qu'il avait refermé avec une corde. Je fixai la chose des yeux. Quoi qu'il y eût dedans, c'était encore vivant. Finn s'esclaffa devant mon expression. Il lança sa prise derrière la maison et ressortit avec un grand seau afin de le remplir d'eau de mer. Sans attendre ses ordres, je me précipitai derrière lui (secoué par des frissons maintenant que j'étais privé de la tiédeur du poêle) pour tirer le kayak jusqu'à la cahute. Il accepta mon aide sans un mot.

— Tu aimes les crabes ? me demanda-t-il ensuite en laissant tomber deux bonnes douzaines de gros crustacés brunâtres dans l'eau.

Je n'en savais rien du tout. Je ne me souvenais pas d'en avoir mangé et, rien qu'à l'allure des bestioles, l'idée de commencer ne m'enchantait guère. Finn en mit deux de côté, plaça une planche sur le seau et attendit ma réponse.

— Je crois, marmonnai-je avec nervosité.

Il acquiesça, satisfait. Fasciné, je le regardai jeter des oignons et du bacon au fond d'une casserole. Mon éducation conventionnelle de petit-bourgeois avait certes impliqué la consommation d'aliments, mais leur préparation avait toujours relevé du domaine des adultes. J'étais en mesure d'ouvrir un réfrigérateur ou une boîte de biscuits, de couper un morceau de fromage ou une tranche de pain, mais j'aurais été incapable de transformer en repas le fruit de ma pêche. Il ne m'était jamais venu à l'esprit qu'on pût trouver des vivres ailleurs que dans la rue principale d'une ville. Chez nous, c'était ma mère qui les produisait, les rapportant conditionnés dans des sacs, des conserves, des emballages bien nets de chez le boucher.

Finn nettoya les crabes. Bien que le spectacle fût répugnant, je me contraignis à ne pas me montrer chochotte, me conformant à de nouvelles règles que j'inventais au fur et à mesure.

Règle numéro quatre : ne détourne pas les yeux.

Attrapant le premier encore vivant, il enfonça un petit couteau pointu dans sa bouche et remonta entre les yeux. Puis il poussa la lame le long de la ligne centrale du ventre, arracha la carcasse, extirpa les poumons bruns et gluants et les balança dehors, pour le plus grand bonheur des mouettes. Il tordit les pinces afin de les détacher, les écrasa à coups de marteau, puis jeta la malheureuse créature dépecée dans la poêle fumante. L'opération me sembla cruelle, je la détestai, je le détestai d'infliger pareille torture. Cela ne m'empêcha pas cependant de l'admirer autant qu'avant, voire plus, en dépit de ce que je prenais naïvement pour un accès de sauvagerie. Ce n'était qu'un crabe, somme toute.

D'ailleurs je le mangeai, non ? Et ne fut-ce pas délicieux ?

Finn offrit de minuscules morceaux d'organes et de chair, un à un, au chat, qui les accepta avec délicatesse et les goba sans mâcher. Rassasié, il agita la queue, détourna le museau d'un air dédaigneux et s'en alla.

En janvier, la nuit tombe tôt. Nous dûmes allumer les lampes avant de nous attabler. Les derniers rayons du soleil couchant avaient disparu, cédant la place à une lune presque pleine et lumineuse, qui se reflétait dans la mer en dessinant des formes nettes et brillantes. J'annonçai à Finn qu'il me fallait partir et remis avec réticence mon uniforme froid et encore humide. Il m'accompagna jusqu'au chenal et me montra l'endroit où il était le plus facile de traverser.

— Est-ce que... je te reverrai bientôt ?

Il y eut un long silence, que je peinai à décrypter. Étais-je digne de confiance ? Ma compagnie était-elle plus agréable que la solitude ? Notre manière d'amitié valait-elle la peine, comme les inconvénients qu'elle supposait ? Puis vint le sourire, accompagné d'une courbette railleuse, un bras plié dans le dos. Il se moquait de moi ; mon cœur battait de joie, cependant.

Je passai la chaussée sans encombre, sans regarder en arrière non plus, alors que j'en avais envie. Une fois la frontière magique de la plage franchie, une fois réintégré le trou de lapin de mon propre monde, je décampai à toutes jambes. Sans la présence de Finn pour m'aveugler, les ennuis que je risquais reprenaient soudain toute leur importance.

Ce soir-là, j'eus de la chance. Un groupe de choristes tapageurs qui revenaient de leur répétition traversaient la cour, et je leur emboîtai le pas sans que quiconque me remarquât. Je fis semblant de signer la feuille de présence et, à dix heures et demie, j'étais au lit, fixant sans la voir une version de latin à rendre pour le lendemain.

— Hé, Barrett ! soufflai-je à mon voisin.

Il se rapprocha de mon lit et me toisa d'un regard mielleux que je lui retournai.

— Tu as fait ta version ?

— Oui, mais pas question de filer mon dur labeur à la fondation Sauvez-le-Branleur.

— Je modifierai des trucs. J'ajouterai des fautes.

— Tu donnes quoi, en échange ? rétorqua-t-il après quelques instants de réflexion.

J'avais dépensé la plupart de mon argent pour Finn.

— Des clopes ? proposai-je.

— Tu en as ?

— Des magazines ?

D'une transaction précédente, il me restait de vieux journaux cochons, de troisième main, quelque peu souillés.

Barrett renifla. Comme il les avait vus au moins aussi souvent que moi, ils avaient perdu une bonne part de leur pouvoir excitant.

— Quoi, alors ?

— Deux livres.

— *Quoi ?!*

J'étais offusqué. La somme était absurde, même si je ne l'avais pas.

— Va te faire voir, je me débrouillerai seul.

— Comme tu voudras.

Il se recoucha et, après les habituelles secousses, le calme s'installa. En soupirant, je me remis à Virgile. *Arma virumque cano* : je chante les armes et les hommes. Le sommeil était loin, et il était bon de penser à autre chose. Quinze vers plus tard, j'éteignis et je profitai de l'obscurité pour rêver des vagues s'écrasant sur une autre plage, deux mille ans plus tôt, à mille kilomètres de là.

12

Tout ce que je sais de Finn, je l'ai appris par fragments, minuscules éclats qu'il a fallu numéroter et assembler avec une constance faussement décontractée. Remarqua-t-il la façon dont je grattais la surface de sa cabane avec mes délicats outils ? Celle dont j'étudiais ses us et coutumes ? Il était le chat qui avançait seul, et tous les endroits se valaient à ses yeux, mais n'était-il pas humain aussi ? Était-il possible qu'on fût immunisé contre les attentions que j'offrais ?

La rumeur qui circulait au pensionnat afin d'expliquer mes absences prétendait que je rendais des visites régulières à un vieux libidineux désespéré de la ville auquel je dispensais des services personnels à une livre la passe. Parfois c'était un homme, parfois une mère de famille au bord de la crise de nerfs, d'autres fois encore une grognasse vieillissante ayant un faible pour la chair fraîche.

Il va de soi que l'explication officielle de mes pérégrinations était quelque peu différente : j'avais raconté à Clifton-Mogg que j'aimais à communier avec la nature, une excuse qu'il avait acceptée avec un empressement las. C'était une expérience originale pour moi que m'accrocher à Saint-Oswald, terrifié à l'idée d'être jugé indigne de l'effort requis pour me maintenir en son sein.

Pour autant, je n'avais pas l'intention de renoncer au risque qui donnait toute sa valeur à ladite expérience.

Je projetai mon escapade suivante un samedi, jour où les cours de la matinée me laissaient juste le temps d'arriver là-bas à la fin de la marée basse. Il me serait impossible de revenir avant tard le soir, mais j'étais prêt à nager en cas de besoin.

— Où vas-tu ?

Reese.

— Nulle part.

— Je peux venir ?

Enjôleur.

— Tu veux venir nulle part ?

— Tu vas à la plage. Je le sais.

— En janvier ?

— Je sais où tu vas, je t'ai suivi.

Menaçant, à présent. (Nom d'un chien !)

— Ne t'inquiète pas, je ne dirai rien.

— Et qu'irais-tu raconter exactement, hein ?

— À propos de ton ami.

— Tu es mon seul ami, Reese.

Ma tentative de sarcasme tourna mal, sonnant plus sincère que je ne l'avais souhaité et, sous mes yeux horrifiés, il rougit de plaisir. J'ajustai lentement mon regard au sien, découvrit un mince rayon d'intensité.

— Et si tu l'ouvres, je te tue, ajoutai-je.
— D'accord, acquiesça-t-il d'une voix tremblante.
— Non que je cache quoi que ce soit.
— Oui, oui.

Une brusque bouffée de compassion s'empara de moi.
— Écoute, un jour, je t'emmènerai. Juré.

Sur ce, incapable d'en endurer plus, je déguerpis.

Pour une fois, traverser le gué fut facile. Je découvris Finn en équilibre sur le toit du cabanon, s'essayant à clouer des morceaux de tuiles en amiante afin de combler les fuites. Il me salua à peine, ce qui me plut – je désirais être accepté comme allant de soi, faire partie du paysage. J'allai me poster sur le côté sud de la maison, à l'abri du vent, et je me mis à lui tendre les outils dont il avait besoin. Le soleil brillait, il avait l'air heureux de ma compagnie, et la décontraction s'installa. Lorsque je lui eus donné tous les outils qu'il possédait, je m'étendis sur le sol broussailleux et fermai les paupières.

— C'est ça, la vie.

S'appuyant sur les températures exceptionnellement douces, les services météo présageaient un printemps précoce. Ce n'était pas que j'eusse très foi en eux ; le soleil d'hiver me rendait optimiste. Immobile, visage tourné vers le ciel, je sentais ma pâleur se réchauffer, mon teint grisâtre tourner au doré.

— C'est quoi le pire, quand on vit seul ?

Finn se pencha vers moi, sourcils froncés.
— Pardon ?
— Oh, allez ! insistai-je, m'aventurant au-delà de ma déférence habituelle. Il doit bien y avoir quelque chose. Je ne

connais que ce qui est *chouette*. Mais le reste ? Le pire, c'est de n'avoir personne à qui parler ? De se taper la cuisine ? De ne pas recevoir de courrier ?

L'incompréhension se dessina sur ses traits.

— Ne sois pas idiot, me dit-il en reprenant son travail.

M'appuyant sur un coude, je me mis à gribouiller sur le sable. Bah ! Ce n'était pas son étincelante conversation qui m'avait attiré, au départ. Finn paraissait vraiment hermétique à cet art. Il pouvait informer. Il pouvait enquêter sur le concret ou sur le bien-fondé d'une action immédiate. Cependant, si je lui avais demandé ce qu'il préférait du chou vert ou du chou de Bruxelles, comment il envisageait l'avenir, ou si sa grand-mère lui manquait, il n'aurait pas su répondre. Non parce qu'il eût souhaité cacher quoi que ce soit, juste parce que son esprit ne fonctionnait pas comme ça. Autant interroger un canard sur ce qu'il pense du capitalisme.

Je m'allongeai de nouveau pour y réfléchir. Le soleil réchauffait les pans de mon corps exposés, tandis que les autres se blottissaient un peu plus dans mon manteau.

Ce n'était pas que Finn fût dépourvu de poésie. Simplement, la sienne concernait le corps, pas l'esprit. Il l'exprimait de la même façon qu'il bougeait, tenait un marteau, pagayait, lançait un feu. Moi, à l'inverse, je ressemblais à un cerveau en boîte, un cœur qui battait dans un seau à charbon.

— Veux-tu que je te dise ce qui est le pire, à la pension ?

Je retins mon souffle, agitant l'appât tout doucement à la surface de l'étang. Silence. Puis :

— D'accord.

Tiens, tiens, tiens. Je doutais que le sujet l'intéressât, mais il faisait un effort. Cette application artificielle avait quelque chose de très émouvant.

— Le pire, c'est… la nourriture immonde, le froid, l'ennui, l'isolement. Les hivers qui n'en finissent pas. Les années qui t'attendent dans l'enfermement de ces murs en brique, sans espoir de remise de peine. Les règles.

Finn me contempla avec perplexité. J'étais lancé.

— Sans parler de la solitude. Et, en même temps, de la promiscuité. N'être jamais seul, ne serait-ce que pour réfléchir, se reposer, s'adonner à des occupations privées. Intimes. Tu ne peux même pas aller aux toilettes sans que tout le monde soit au courant. Et pour peu que tu aies envie de compagnie, d'une vraie compagnie, pas seulement de braillards, c'est là que tu prends la mesure de ta solitude.

Finn avait interrompu son bricolage pour m'écouter. Longtemps, il ne dit rien, comme s'il testait mes paroles une à une, histoire de vérifier leur logique, attendant que la lumière fût, qu'elles fissent mouche. J'observai le phénomène avec fascination, j'étudiai les diverses possibilités qui traversaient furtivement ses traits. Plein d'espoir, si plein d'espoir.

Alors, je constatai qu'il se désintéressait de tout cela. Il lui fallait réparer le toit. La marée était haute. Quelques années plus tôt, il avait vécu avec sa grand-mère et, à présent, il vivait seul. Voilà qui était concret. Les conjectures dans lesquelles je me complaisais n'avaient absolument aucun sens à ses yeux.

J'eus envie de m'écrier : *Bon sang, Finn !* Personne ne t'a donc jamais parlé ? Sauf que c'était fort possible, en effet. Les gens d'ici ne gaspillaient pas leur salive. Les mots étaient des outils, pas un bonbon. Vous ne les faisiez pas rouler sur votre langue, vous ne vous en délectiez pas.

Je soupirai. Et pourtant… pourquoi les silences de Finn réduisaient-ils en poussière mes discours ? Aussi sincères fussent mes pensées, les bruits que je produisais en sa présence prenaient l'allure de baragouinages simiesques dans la jungle. Alors que sa taciturnité avait le pouvoir de briser le verre.

Soudain, j'eus besoin qu'il s'exprime.

— Quel est ton premier souvenir ?

Il tressaillit devant l'impudeur absurde de la question et, d'abord, ne répondit pas. Puis, au moment où je passais mentalement à autre chose, il lâcha :

— Je me rappelle ma mère en train de parler. De crier, en fait. Juste avant qu'elle ne parte. (Une pause.) J'avais presque trois ans.

J'imagine que sa mère s'en était allée parce qu'elle était trop jeune et trop égoïste pour s'occuper d'un bébé. Ou parce que cette vie campagnarde était d'un ennui insupportable aux yeux d'une belle fille de dix-neuf ans. Il suffisait de regarder Finn pour deviner qu'elle n'avait pu être banale. Pauvre gamine ! Pauvre Finn !

Surprenant mon expression, il sourit.

— Inutile de prendre un air aussi tragique, dit-il. Ce que nous n'avons pas ne nous manque pas.

Acquiesçant, je me composai le visage d'un homme du monde à même d'appréhender les complexités émotionnelles. Je comprenais sa réflexion, mais pas exactement de la façon dont il la formulait. Dans mon milieu petit-bourgeois conventionnel, les mères aimaient leurs enfants, et les pères les poussaient dehors pour leur propre bien. J'étais prêt à ce que ces vérités fussent démolies, j'avais hâte, même ; toutefois, cela nécessitait un tant soit peu de réflexion.

Finn descendit du toit, nettoya soigneusement chaque outil avant de les replacer dans une caisse en bois qu'il rangeait sous l'escalier. Puis, sans un mot, il s'éloigna et traversa le chenal, qui avait commencé à se remplir. Je le suivis de mauvaise grâce, hésitant à courir chercher le kayak.

— Mon plus ancien souvenir, c'est la mer, dit-il en lançant un galet dans l'eau, loin. (Il avait pris la direction du nord.) Je n'avais que quelques semaines et, déjà, grand-mère m'installait sur la plage et me laissait me divertir du spectacle des mouettes. Elle me posait sur une couverture. Je me rappelle encore son odeur.

Il s'arrêta, le nez en l'air, comme s'il humait une bouffée de sel et de vieille laine.

— Plus tard, ajouta-t-il, je suçais des galets. Maman disait que j'allais m'étouffer et mourir.

Nul apitoiement sur soi-même dans cette dernière affirmation.

— Un jour, j'en ai eu marre de ne pas bouger. Me mettant debout, j'ai commencé à marcher. Parfois, quand je m'étais aventuré trop loin, les gens me reconduisaient chez nous. Il arrivait aussi que grand-mère doive arpenter les digues en m'appelant. Elle avait toujours peur que je me noie.

Immobile, il contemplait les mouettes.

Tout en l'écoutant, j'avais ramassé des galets. Me positionnant avec soin, je lançai le plus plat, qui toucha la surface selon l'angle idéal, tournoya en arrière au moment de l'impact avant de rebondir immédiatement, puis de ricocher encore et encore jusqu'à effectuer seize sauts. Je jetai un coup d'œil en arrière, prêt à accueillir l'admiration de Finn avec une modestie de bon aloi, mais je me rendis compte qu'il observait encore les mouettes et ne m'avait prêté aucune attention.

— Je prenais toujours la même direction, enchaîna-t-il. Le soleil dans le dos. Les enfants ne vont jamais droit vers le soleil, ajouta-t-il en se tournant vers moi, comme s'il s'inquiétait de mon avenir. Rappelle-toi ça, si un jour tu en perds un.

Nous étions arrivés à un autre chenal. La rivière se jetait dans la mer avec une précipitation féroce. Retirant son tricot, Finn avança sans s'arrêter. Sa chemise trempée ballottait autour de sa taille étroite et de ses hanches. Le passage était plutôt profond, au milieu, et il dut nager sur le dos, une main en l'air pour garder son pull au sec. Moi, je trempai prudemment un orteil dans le courant et le retirai aussitôt. L'eau était gelée à un point qui frôlait le scandale. Mon cœur se serra lorsque Finn grimpa de l'autre côté, sa chemise et son pantalon de toile battant au vent glacial. Je n'avais jamais vu quelqu'un d'aussi insensible au froid.

Je poussai un soupir. Cette fois, je n'avais pas le choix. J'allais devoir me déshabiller, sous peine d'abîmer complètement mon uniforme. J'abandonnai mon manteau sur la plage, je m'extirpai lentement de mon pantalon, je déboutonnai ma chemise blanche, je fourrai ma cravate dans une poche, je retirai mes chaussures et mes chaussettes et je roulai le tout en un baluchon maladroit.

Ce fut la perspective de rester une minute de plus sur la rive – exposé au vent, bleu de froid, dans les sous-vêtements que j'avais portés presque toute la semaine – qui me poussa à plonger. Je perdis l'équilibre presque tout de suite, tentai de le retrouver en adoptant le truc de Finn (nager sur le dos) ; au lieu de quoi, je m'enfonçai complètement dans l'eau réfrigérante, vêtements et tout, buvant la tasse au passage, ce qui fut salué par un ricanement en provenance de la berge.

Finn pataugea à ma rencontre et me tira au sec. Je grelottais, et mon caleçon blanc horrible dégouttait. La sensation du tissu mouillé sur ma peau me sembla détestable. J'avais conscience d'être ridicule, avec mes pauvres parties ratatinées clairement visibles sous le coton ; je savais aussi que ce serait encore pire quand j'aurais remis mon pantalon dégoulinant sur mes cuisses tremblantes. En dépit de l'inconfort physique intense, ma gêne se révéla plus ou moins secondaire. Comme d'ordinaire, Finn parut à peine conscient de la situation. Il continuait à parler, à croire que ma pitoyable traversée n'avait jamais eu lieu.

— ... il y avait un endroit où je me cachais, en haut sur les falaises. Une espèce de grotte, taillée dans l'argile. Il fallait grimper depuis la plage pour y accéder.

Nous étions repartis sur les galets. Le frottement de mes habits imbibés d'eau salée commença à irriter mes cuisses et le contenu de mon caleçon à tel point que, moins d'une demi-heure plus tard, furieux, transi, endolori, je fus contraint de m'asseoir – manière de protestation silencieuse. Après avoir tourné en rond un moment, Finn me rejoignit.

— Tiens, prends ça, me dit-il en passant son gilet par-dessus sa tête.

L'heure n'était pas à l'héroïsme, et je m'empressai d'accepter. M'enfilant dans la grosse laine huileuse imprégnée de son odeur et de celle du feu de bois, enveloppé par la chaleur de son corps, je fus si soulagé que j'eus comme un vertige.

— T'es-tu assez reposé ? finit-il par s'enquérir, faisant montre d'une sollicitude qui lui ressemblait peu. On peut rentrer, si tu veux.

Ragaillardi par ce gage de bienveillance, aussi mince fût-il, je baissai les yeux, histoire de lui télégraphier mentalement l'état de mes testicules. En vain.

— Allons-y, alors !

Sans me laisser le temps de réagir, il bondit sur ses pieds et décampa. Je me redressai.

— *Mais où ?*

Mes mots me firent l'effet d'un bêlement. Lorsque vous n'êtes que deux, et que, des deux, vous êtes celui qui est le dernier à savoir ce qui se passe, vous développez une tendance aiguë (et justifiée) au doute. Finn ne me répondant pas, je titubai derrière lui, haletant, souffrant le martyre.

Au bout d'un nouveau bon kilomètre bien douloureux, je constatai que les dunes s'étaient transformées en falaises. Elles s'élevaient maintenant dans le ciel clair, raides, hautes de dix, douze mètres. Finn s'arrêta, recula d'un pas et, la main en visière, balaya la surface de pierre. Puis, sans un mot d'avertissement, il entreprit de grimper.

Je restai en arrière, le suivant d'un regard mauvais. Agile et vif comme un singe, il dénichait des prises pour ses mains et ses pieds là où elles n'existaient pas. Je n'avais pas la moindre idée de son but. L'éclat uniforme du soleil effaçait les reliefs des falaises. Mais, en acolyte obéissant, je plantai mes orteils dans la craie tendre et me hissai derrière le guide. Lentement.

L'escalade exigea toutes mes forces et toute ma concentration. Mes bras tremblaient de fatigue, et mes pieds dérapaient constamment sur les étroits rebords qui se délitaient sous mon poids. L'intérieur de mes cuisses n'était plus que souffrance, la peau à vif mordue par le sel.

Je te déteste, songeai-je, *je vous déteste*, toi et tes *foutus* airs de Robinson, toi et ta *foutue* marche forcée, toi et tes *foutus* secrets. La personnalité de Finn avait-elle le même effet sur tout le monde, ou étais-je doté de la mentalité idéale pour suivre aveuglément un ermite adolescent égocentrique et tueur de crabes ?

Lorsque je relevai les yeux, il s'était évaporé.

Je criai son nom, n'obtins aucune réponse. La fureur me submergea, mêlée à de la peur. Il ne serait pas facile de redescendre de mon perchoir, car je ne distinguais pas mes pieds ; de plus, je redoutais de regarder en bas, par crainte d'être sujet au vertige. Je tâtonnai en quête d'une nouvelle prise, attrapai ce qui ressemblait à une corniche de glaise solide. Toutefois, alors que je m'appuyais dessus pour monter, elle céda, et je me retrouvai suspendu en l'air, tel le coyote d'un dessin animé, agrippant une poignée de poussière avec un sentiment d'inéluctabilité quasiment reposant, assez de lucidité et ce qui ressemblait à assez de temps pour en réchapper, mais sans rien susceptible d'arrêter ma chute – une série de rebonds jusqu'aux rochers, en bas, où j'allais gésir, brisé en mille morceaux, ensanglanté, moribond, abandonné de tous.

Une main surgie de nulle part attrapa mon poignet.

La surprise me fit perdre le peu qu'il me restait de contact avec la falaise et, l'espace d'un instant, je fus suspendu au-dessus des pierres, m'agitant désespérément pour trouver un creux où enfoncer ma semelle, trop terrifié pour hurler. Une tête apparut au-dessus de la main, puis un corps se pencha, une deuxième main s'empara de la ceinture de mon pantalon et, à la fois tiré et crapahutant, je fus hissé sur une saillie, qui se révéla être une espèce de grotte, l'endroit dont Finn m'avait parlé, alors que je l'écoutais à peine, trop occupé par les forces combinées de la douleur et du ressentiment.

Mon cœur mit longtemps à se calmer, et mon souffle à redevenir à peu près normal. Finn était allongé près de moi ;

il m'observait en souriant, comme si je venais de lui raconter la blague la plus drôle qui fût.

— Ça ne m'amuse pas, merde !

Ma voix était rauque d'angoisse, des larmes mouillaient mes yeux, et j'étais furibond : contre ses prouesses physiques supérieures aux miennes, contre mon expérience presque létale, contre l'étendue de mon humiliation. Son expression devint soudain solennelle, son regard tendre et plein d'une authentique compassion.

— Excuse-moi, je ne voulais pas te faire peur.

Me faire peur ? M'assassiner, oui ! Je m'interdis de lui répondre, préférant l'exercice du minuscule pouvoir que m'octroyait mon silence.

L'entrée de la grotte était étroite. Une fois que j'eus réussi à me tortiller pour adopter une contenance plus digne (à plat ventre, bras croisés sous le torse, pieds bien enfoncés dans les profondeurs de la faille), je me rendis compte qu'il m'était possible de m'étirer avec un certain niveau de confort. De confort physique, s'entend. La perspective de devoir redescendre m'emplissait de frayeur. Pourtant, le soleil qui tapait sur la falaise pâle était étonnamment bon, nous étions à l'abri du vent et, dans l'espace confiné, il émanait de Finn une chaleur animale consolante. Malgré le vide vertigineux, je parvins à me déplacer jusqu'à ce que mon flanc gauche s'encastre dans la courbe longue de son corps gracieux. Dans l'exiguïté des lieux, nous nous emboîtions comme les deux pièces d'un puzzle.

Les oiseaux volaient et plongeaient en dessous de nous, et je contemplai leur dos avec étonnement, oubliant mon anxiété. Durant ces minutes, je fus une divinité qui voyait l'univers depuis son piédestal. Enivré, je m'avançai de plus en plus, arrêté seulement par la main de Finn qui me retint. Je planais, soutenu par la force et la tiédeur de sa poigne, percevant le sang qui battait lentement dans ses doigts. J'avais envie de nous jeter tous deux dans le ciel, de l'entraîner avec moi vers le soleil, où nous aurions volé comme des dieux sans jamais devoir retoucher terre.

Lui examinait mon visage, amusé par ce qu'il y lisait. Le moment se prolongea – une apesanteur.

J'ai souvent repensé à cet instant en imaginant que l'histoire déviait dans un sens ou dans l'autre, me demandant, au cas où j'eusse été autre, ou bien lui, si ce qui devait suivre eût été complètement différent, et si le cours du monde en eût été changé, ne fût-ce que légèrement.

De fait, il ne se produisit rien, si ce n'est nous deux contemplant le ressac, écoutant les oiseaux, nous abritant de la pluie quand elle survint, allongés, silencieux, tandis que la nue virait du bleu au blanc, du blanc à l'or. Pendant des heures, couchés côte à côte, respirant d'un même souffle, nous observâmes les ruisselets d'eau qui dégoulinaient le long des falaises jusqu'à la mer, conscients du monde qui tournait lentement autour de nous, cependant que nous nous serrions l'un contre l'autre en quête de chaleur, ainsi que d'autre chose, une chose que je n'étais pas en mesure de nommer, une chose glorieuse, effrayante et inoubliable.

L'espace d'un instant, je sus à quoi ça ressemblait d'être immortel, de stopper les marées et le temps.

Règle numéro cinq : ne lâche pas la falaise.

13

D'après M. Barnes (histoire), le Moyen Âge commença au milieu du Ve siècle, avec la fin de l'Empire romain. La colonisation romaine de la Grande-Bretagne durait depuis toujours – mariages, familles, agriculture. Mais lorsque Rome cessa d'exercer son autorité (en 410), les tribus saxonnes venant de Germanie envahirent le pays et le divisèrent en quatre royaumes : la Mercie, la Northumbrie, le Wessex et l'East Anglia. Après des débuts sanglants et pesteux, les Saxons établirent un pouvoir sanglant et pesteux jusqu'à ce que les Vikings débarquent et instaurent un nouvel État, plus efficace (encore plus sanglant et pesteux).

Poésie mise à part, aucune personne un tant soit peu sensée ne saurait éprouver de nostalgie envers le Moyen Âge. À l'époque, les misérables modes de vie et de mort étaient bien trop nombreux, surtout si vous étiez paysan. Je n'avais aucune difficulté à m'imaginer paysan, habillé de hardes simples en laine rugueuse, survivant difficilement sur une demi-acre de terre ou grâce à une seule vache efflanquée. Il y aurait eu une épouse dont personne d'autre n'avait voulu (grêlée peut-être, ou boiteuse) qui serait sans doute morte en couches, me laissant seul pour m'occuper de la vache ou pour labourer le petit champ. Il aurait fait froid tout le temps, humide aussi, nos provisions et nos recours se seraient épuisés bien avant la fin de l'hiver, et les éventuels rejetons auraient pleuré famine avant de mourir en silence, à force de privations. Je me représentais aisément la brutalité et le désespoir de cette existence, me voyais sans peine trépasser de quelque chose d'aussi peu romantique que la peste ou d'aussi banal qu'un bras cassé.

M. Barnes ne manquait jamais d'insister sur le contraste opposant notre vie de rêve à Saint-Oswald et les dures réalités de l'histoire. Pour notre plus grand plaisir, cela passait par d'effroyables récits de torture et de débauche vikings. Celui de l'aigle sanglant avait nos faveurs. Ce supplice impliquait qu'on pratiquât deux entailles verticales profondes de chaque côté de l'épine dorsale d'un homme vivant, tranchant pour cela dans les cartilages qui relient les côtes aux vertèbres. Les poumons étaient alors retirés de la cage thoracique. Le but de cet acte d'une barbarie inimaginable était de garder la victime en vie assez longtemps pour voir les poumons se déployer à l'extérieur du corps comme des ailes.

Cela me fit penser au crabe de Finn.

Du peu que je réussissais à assimiler de mes cours (une expérience nouvelle, plutôt exaltante, même) émergeait l'image (d'un romantisme échevelé) d'armées assoiffées de sang s'affrontant sur des plaines dénudées, de grands héros casqués de cornes dévastant l'île de part en part, neuf cent soixante soldats massacrés par un seul guerrier armé d'un unique sabre lors d'une unique bataille en l'espace d'un seul jour.

Qu'aurait-il fallu de plus pour ravir un garçon ? Surtout un dénué de la passion ou de l'aptitude à éventrer les poumons d'aucune créature, y compris la plus modeste.

On entendit presque craqueter les étincelles d'un réel intérêt durant les cours, ce semestre-là. Quelque chose dans l'anarchie et la violence de ce premier millénaire faisait vibrer une corde en nous, là où les prouesses sacrées de l'ancienne Égypte, de la Grèce et de Rome nous avaient laissés de marbre. Cela signifia moins de grognements que d'ordinaire lorsque chacun de nous se vit assigner un devoir sur un sujet spécifique : Athelstan, Bède le Vénérable, la bataille du mont Badon, Alfred le Grand, la digue d'Offa. Saint Oswald, patron de notre bien-aimée *alma mater*, m'échut. Gibbon avait manœuvré pour obtenir Boadicée[1], qu'il considérait surtout comme une occasion à ne pas manquer de reluquer des dessins de poitrines dénudées.

— Ho, ho, ho ! ricanait-il en tripotant les images de livres d'histoire poussiéreux comme s'il se fût agi des pages centrales de *Playboy*. Joli, Gibbon !

Il avait consacré l'essentiel de son après-midi à baver sur des estampes de seins vieux de deux mille ans. Je m'étirai, avide de sortir d'ici.

— Je vais me balader, marmonnai-je.

---

1. Athelstan : roi d'Angleterre surnommé le Glorieux (895-939) ; Bède le Vénérable : moine anglo-saxon (672-735) ; bataille du mont Badon : grande défaite des Saxons contre les Celtes à la fin du Vᵉ siècle ; Alfred le Grand : roi d'Angleterre ayant lutté contre l'invasion viking (849-899) ; digue d'Offa : frontière séparant l'Angleterre du pays de Galles, dont la construction est attribuée au roi Offa de Mercie (qui régna de 757 à 796) ; Boadicée : reine guerrière du Norfolk qui mena une révolte contre les Romains et détruisit Londres avec ses troupes (30-61).

J'avais consulté l'horaire des marées.

— Je peux venir ? demanda Reese en se levant d'un bond.

J'enfilai mon manteau en fuyant son regard.

— La nature ne contient pas d'images cochonnes.

— Tu auras peut-être de la chance, Hareng ! lança Gibbon, toujours optimiste. Imagine que tu tombes sur des cerfs en train de baiser.

Je l'ignorai.

— Allez viens, dis-je. Ça va être un joli coucher de soleil.

Gibbon hurla de rire et se mit à danser autour de la pièce en roucoulant :

— Un *joli* coucher de soleil. Un *joli* coucher de soleil.

Reese l'imita nerveusement, pas très sûr du camp qu'il devait choisir. Il finit par se ranger du côté de la majorité clairement hétérosexuelle, comme je m'y attendais. Il avait ses propres secrets, ce Reese.

Lorsque je quittai la pièce, je sentis ses yeux qui me vrillaient la nuque.

14

— Alors, que sais-tu du Moyen Âge ?

J'étais nerveux. À l'idée de retourner à la cabane, à l'idée de revoir Finn. Même repenser à notre après-midi dans la grotte me rendait nerveux. Mon désir de le fréquenter ne s'émoussait pas avec le temps, les sentiments ne s'ordonnaient pas en bribes d'information bien nettes, contrairement à ce qui se passait avec la géographie ou la grammaire anglaise. Rien de ce que j'éprouvais ne pouvait s'expliquer par mes connaissances générales en matière de sexualité. L'écheveau de mes émotions me déboussolait, me forçait à m'interroger sur ce que j'étais. Je n'avais personne à qui demander conseil.

Pour autant, j'étais incapable de prendre du champ. C'est ainsi que, par un après-midi froid de février, une jambe posée sur les étagères de livres placées sous le banc étroit qui était mien, l'autre pendant sur le côté, je me retrouvai à parler du

Moyen Âge, cependant que le feu crépitait dans le poêle. Penché sur des plumes minuscules, du papier aluminium récupéré dans des paquets de cigarettes et des hameçons en acier, Finn enveloppait le tout de coton afin de préparer des leurres. Dès qu'il regardait ailleurs, le chat me toisait en crachant ; quand Finn l'appela pour le caresser distraitement, je jure que la bestiole ricana.

— Et toi, qu'en sais-tu ? me répondit Finn après le silence habituel.

Je lui contai ma version du premier millénaire, ce qui provoqua reniflements dédaigneux et mouvements du menton incrédules.

— Combien coûte ta pension ? Tu économiserais une fortune en lisant un livre de temps à autre, tu sais ?

Ignorant la remarque, je tendis la main vers le chat qui récompensa mes efforts par un vilain coup de griffe. Je voulus frapper l'animal, mais il était déjà loin et me souriait par-dessus son épaule.

— Je te signale que *je* n'ai *pas* choisi qu'on m'expédie au diable vauvert afin d'y être maltraité et affamé.

— Je n'ai pas l'impression que tu meures de faim, rétorqua-t-il après m'avoir jaugé de l'œil.

L'image me traversa l'esprit de saucisses écœurantes farcies de nerfs et de colle, de puddings aux rognons insipides, de baquets de chou bouilli puants. S'approchant de la bibliothèque, Finn en tira un vieux volume relié en cuir intitulé *Abrégé d'histoire de la Grande-Bretagne*. Le livre dégageait une forte odeur d'humidité et devait compter neuf cents pages. Je grognai.

— Franchement, protestai-je, je n'ai pas besoin de savoir tout ça. Dix pages suffiraient amplement.

— Non, rétorqua-t-il en lâchant l'ouvrage sur mes genoux. Tu es d'une ignorance stupéfiante. Alors que tu bénéficies de tant de privilèges.

— Lesquels ?

— Une bonne éducation est un privilège, décréta-t-il, un peu guindé.

Je lui servis mon plus beau rire sardonique. Il me coula un regard en biais.

— Tu es plutôt fier d'avoir été renvoyé autant de fois, hein ?

Je profitai de ce qu'il se retournait pour adresser une grimace à son dos. Ce genre de discours me rendait furieux. Sa vision imaginaire de la pension n'avait aucun rapport avec la réalité, et il rejetait résolument toutes mes tentatives pour lui révéler la vérité. Il imaginait un monde de redingotes et de bonnes manières, le respect de l'intellect et de l'individu, l'échange mature d'idées assaisonné de saines activités extérieures. J'ignore d'où lui venait ce fantasme (j'avais l'impression d'une école tout droit tirée de la Grèce antique), mais il s'y accrochait en dépit des évidences contraires, peut-être envoûté par l'idée de l'abîme social et économique qui nous séparait. Après tout, il était un garçon vivant dans un cabanon au bord de la mer, là où mes parents villégiaturaient en France et en Espagne, employaient une cuisinière et un jardinier à mi-temps, changeaient de voiture tous les quatre ans et avaient les moyens d'offrir à leur fils unique une éducation douteuse qui lui garantirait (à tout le moins) d'entrer dans l'âge adulte en étant capable de conjuguer ses verbes latins et de s'exprimer avec un coûteux accent immédiatement identifiable comme tel.

En comparaison, Finn était dénué de tout. Il n'avait qu'un

passé romantique, un présent incertain, une absence d'avenir, autant de choses pour lesquelles j'aurais vendu mon âme.

En soupirant, je pris le livre et commençai à lire des histoires de chaos et de sang versé, de pièces de monnaie en or ornées du portrait d'Offa et de Horsa[1], de gâteaux, de bière et de festins où l'on se régalait de bœuf, de miel et d'oies.

J'aimais que ces héros fussent à la fois sauvages et domestiques, qu'autant de territoires changeassent de mains avec une telle fréquence et une telle violence, ouvrant des perspectives extrêmes, tandis que, entre-temps, de paisibles paysans cultivaient les champs et sculptaient de fines aiguilles à coudre dans des os.

— Et saint Oswald ?

— Que veux-tu savoir ?

Finn vint s'asseoir tout à côté de moi, me prit l'ouvrage et se mit à le feuilleter.

— Il y a eu deux Oswald. Regarde. L'archevêque de York, rattaché à la cathédrale d'Ely au Xe siècle. L'autre était roi de Northumbrie au VIIe siècle. C'était un enfant-guerrier, qui avait pour mission de christianiser le pays et de réunir les quatre royaumes. Il a été taillé en pièces pendant une bataille, dans le Somerset.

Il trouva ce qu'il cherchait, la photographie en noir et blanc d'un jeune homme, un bas-relief.

— Voici le roi Oswald et son corbeau.

J'étudiai minutieusement le portrait. Le garçon était beau, glabre, vêtu d'une robe flottante. La légende disait : *Oswald de Northumbrie, 642 après J.-C.* Je hochai la tête, frappé par les traits du jeune roi, par la fermeté de son profil, par

---

1. Offa : voir note page 101 ; Horsa : guerrier du Ve siècle, frère de Hengest, chef plus ou moins mythique du Kent.

la bouche soigneusement dessinée. Je fus immédiatement certain que l'autre Oswald, l'archevêque, ne figurait pas – ne pouvait figurer – dans mon devoir.

Me tournant vers Finn, je croisai ses grands yeux sombres et soutins son regard. Lorsqu'il me rendit le livre, sa main ne tremblait pas, et son expression était indéchiffrable.

— Tout est là, lâcha-t-il.

Je contemplai l'ouvrage, puis lui. Dans la danse de notre amitié, c'était lui qui conduisait, moi qui suivais. Dans nos moments d'intimité, c'était toujours lui qui m'attirait à lui, et moi qui retenait mon souffle en frémissant. C'était également lui qui rompait toujours le lien.

— Je ne vais quand même pas lire tout ça !

Il savait tout, bien sûr qu'il savait tout. Il savait tout sur les deux Oswald et tout sur moi. J'avais envie de le supplier d'approcher une des chaises peintes de la cuisine, de s'y asseoir et de me raconter tout ce qu'il savait sur l'histoire. Je voulais qu'il s'exprime de sa voix douce, qu'il me dise avec un dédain affectueux que je ne comprenais rien, qu'il proteste parce qu'il allait devoir reprendre tout à zéro, qu'il allait falloir toute la nuit pour que je saisisse. Je désirais me pencher vers lui. Je souhaitais sentir la chaleur de sa peau, humer l'odeur tiède de sel qui émanait de lui.

— Ça va me prendre des heures, ajoutai-je.

Ce demi-sourire infernal.

— Alors, il vaut mieux que tu t'y mettes tout de suite.

Sur ce, il quitta la pièce.

15

L'un des derniers actes de l'Empire romain agonisant fut de bâtir une série de forteresses le long du littoral oriental de la Grande-Bretagne afin de contenir les hordes barbares. Aussi puissantes fussent-elles, cela ne fonctionna pas comme prévu, et les Germains comme les Vikings ne tardèrent pas à dominer le pays.

Le fort côtier à quelques kilomètres de Saint-Oswald termina sous l'eau lors d'une grande tempête, au XIVe siècle, durant laquelle un port entier et cinq cents mètres de terres agricoles furent engloutis, de même que la majorité des habitants de la ville, ses fameuses églises, et deux cents têtes de bétail. J'avais lu des articles dans le journal local à propos de tentatives d'exploration du site qui s'étaient soldées par des échecs. La visibilité sous-marine était toujours mauvaise – au pire, elle était atroce. Même par le temps le plus clair, un plongeur équipé d'une lampe était incapable de consulter son compas.

Je trouvai dans le livre de Finn une note de bas de page renvoyant à un monastère du VIIIe siècle bâti entre les murs de la forteresse et consacré au roi Oswald. Au fur et à mesure de ma lecture, je fus pris d'un authentique frisson en constatant que les pans épars de l'histoire s'assemblaient pour faire sens. Bien que tous les écrits eussent jusqu'alors localisé Oswald dans le Northumberland, près de la frontière écossaise, je découvrais des preuves de sa présence sur nos côtes. Il avait dû voyager vers le sud, afin de renforcer les liens entre les royaumes du Wessex et de l'East Anglia, il avait ordonné l'érection d'un monastère, il avait inspiré la sculpture d'une immense et lourde pierre à son effigie qu'on avait ensuite transportée depuis le nord jusqu'ici afin de commémorer son souvenir.

Le visage gravé sur la stèle me perturbait. L'enfant roi avait été un farouche combattant, il avait connu une fin affreuse et dramatique. Il était plus grand que la vie, présence gigantesque issue du passé. Pourtant, treize siècles plus tard, il continuait de ressembler à quelqu'un que je connaissais ou que j'aurais aimé connaître.

— Allons explorer le fort, suggérai-je.

Assis en face de moi, les sourcils froncés sous l'effet de la concentration, Finn nouait ses appâts avec une cordelette brune, lentement, méthodiquement. Son expression ne s'étant pas modifiée, je ne fus pas certain qu'il m'eût entendu. Quand il daigna enfin relever la tête, il me lança :

— Tu pourrais relever les nasses, aujourd'hui ?

Je soupirai. La réponse était non, mais l'honneur exigeait que j'agisse. Je sortis donc chercher le kayak. À ma manière absolument non sectaire, je priai celui des deux Oswald qui accepterait de m'écouter. *Cher saint, cher saint, cher saint. Je t'en supplie, saint Oswald, délivre-moi du naufrage, de l'humiliation et de la noyade. S'il existe effectivement de foutus saints, sois-en un et veille sur moi maintenant. Amen.*

Aurais-je été meilleur chrétien, j'aurais demandé un miracle. Au lieu de quoi, je serrai les dents, je trimballai, mi-traînant, mi-portant, l'esquif jusqu'à la mer, je montai prudemment dedans et j'y allongeai mes jambes, à l'instar des habitudes de Finn, me semble-t-il. Mon poids déplaça aussitôt les quelques centimètres d'eau sur lesquels je flottais, et le bateau s'échoua sur le sable et les galets. Trop tard, je songeai à la rame, restée sur la plage. Je faillis verser en voulant l'attraper. Pourvu que Finn n'ait pas perçu les horribles crissements de la coque quand, à force de petits bonds, j'entraînai l'embarcation au large.

Aie pitié de moi, ô mon Dieu !

Mon erreur suivante fut d'attaquer les vagues de biais, et je pris l'eau en tentant de les passer à un angle de quarante-cinq degrés, à la manière de Finn. Découvrir que l'opération était bien plus difficile qu'elle ne le semblait ne fut d'aucun réconfort. Je luttais pour conserver une stabilité relative au kayak, mais mes efforts étaient compromis par les remous et mes coups de pagaie inefficaces. La bonne impulsion qu'il m'arrivait de réussir à donner sur la gauche était inévitablement suivie d'un barbotage sans effet sur la droite.

Du coin de l'œil, j'aperçus Finn, qui était descendu sur la grève afin d'admirer mes exploits. J'étais trempé, et d'eau, et de sueur, à présent. Si je chavirais, c'en était fini de moi. La noyade serait la meilleure solution, pour ma fierté du moins.

Quelques coups de rames bien ajustés finirent par calmer les soubresauts de l'esquif, et je me dirigeai vers l'une des bouées, m'efforçant de suivre une ligne droite, conscient cependant du sillage en zigzag que je laissais derrière moi. Si les vagues me soulevaient, elles ne me retournaient pas – c'était déjà ça. Je me souvins qu'il fallait former des volutes avec la rame.

J'en suis capable.

J'en étais capable. Enfin, jusqu'à ce que je parvienne à un peu moins d'un mètre du flotteur rouge qui marquait l'emplacement de la nasse. Le courant ne cessant de m'en éloigner, quatre tentatives furent nécessaires pour que j'arrive à passer sur le fichu bazar puis à me saisir de la corde, après une virevolte de trompe-la-mort inspirée des prouesses cavalières des cosaques que j'avais vus aux actualités. Haletant, éreinté, je posai la pagaie devant moi en travers de l'embarcation. Malheureusement, au lieu de m'offrir la plus grande stabilité que j'escomptais, elle glissait à chaque mouvement de la houle, frappant l'écume et noyant l'habitacle déjà à demi-submergé du kayak.

Je commençais à me sentir véritablement assiégé.

M'accrochant à la bouée comme à la vie, je m'efforçai de ne pas penser à Finn (calme et gracieux), cependant que les flots me secouaient comme un bouchon et essayaient de me déboîter les bras. Peu à peu, lentement, dans la douleur, je tirai sur la corde, jusqu'à ce que la lourde caisse apparaisse sous la surface. Elle grouillait de crabes empilés les uns sur les autres autour de la tête de poisson servant d'appât ; ils la tenaillaient de leurs grosses pinces, tandis que je me débattais pour tenir le sac en toile tout en ouvrant le portillon. Enfin, triomphant, j'y parvins – perdant au passage une douzaine de ces salopards qui eurent la chance de regagner leur élément naturel. À l'avenir, un crabe géant surgirait peut-être par une nuit sombre et tempétueuse afin d'exaucer trois de mes vœux.

Je ramassai prestement les bestioles qui restaient. Elles étaient trop grosses pour que je les attrape comme Finn m'avait montré avec les crabes de sable, si bien que je les prenais n'importe comment, piaillant quand elles me pinçaient les doigts, avec une force surprenante d'ailleurs. Je finis par en fourrer quelques-unes dans le sac, refermai la nasse et la balançai sous la proue. Pas question qu'elle ou son contenu satanique n'effleure une partie de mon anatomie.

Une de faite ; plus que quatre. Le vent de la côte avait forci, et je me rendis brusquement compte de la futilité de l'exercice. Tant pis pour les pièges ! J'aurais déjà de la chance si je réussissais à nous ramener vivants, moi, le bateau et mes quelques passagers qui se débattaient comme de beaux diables.

Je repartis donc vers le littoral, trop fatigué pour m'inquiéter de la bonne façon de diriger un esquif fragile sur une mer démontée. Mon seul souci était de ne pas naufrager. Depuis la plage, Finn me hurla des ordres, puis finit par s'écrouler à terre, pantomime du désespoir, tête entre les mains, incapable de contempler plus avant pareille calamité. Les bourrasques s'efforçaient bien d'empêcher mon retour, mais la marée montait et, une fois que j'eus été pris dans la houle, les vagues me portèrent (de travers, en gros lourdaud) dans la bonne direction. Derechef, la coque crissa sur les galets. Pour parachever mon humiliation, je m'empêtrai les pieds dans le siège et m'affalai, tête la première, dans dix centimètres d'eau, tandis que le kayak (conçu pour sa stabilité et sa maniabilité dans des mers difficiles) se remplissait de flotte. Finn avait l'air aussi amusé qu'ahuri, au point que je me demandai si je flattais son habileté en faisant le clown. Je n'étais quand même pas si maladroit !

— Va te sécher, me dit-il, un sourcil en accent circonflexe.

Héros déchu, je m'empressai de trotter vers la cabane. Pendant ce temps, lui tira le bateau sur la grève, le vida et le remit aussitôt à flot.

Emmitouflé dans une couverture (ça commençait à devenir une habitude), je louchai à travers la fenêtre et le vis, au loin, qui vidait et réappâtait les nasses restantes. D'un simple coup de rame, il faisait virevolter l'embarcation à cent quatre-vingts degrés – s'il y avait du vent ou un courant pour hurler, le ballotter, le dévier de sa trajectoire, il paraissait ne pas s'en apercevoir.

Il revint, mon enfant roi, en moins d'une demi-heure, porteur d'une belle prise – presque trois douzaines de crustacés. La plupart d'entre eux étaient destinés au restaurant de poisson local, où on les ébouillanterait vifs avant de les servir à des clients médiocres qui les écartèleraient. Ce soir-là, nous mangeâmes chacun un crabe entier, leurs carapaces écrabouillées et leurs corps éviscérés par le guerrier dans toute la splendeur de son sang-froid. La chair rosâtre des pinces que sous suçâmes était douce, huileuse, aussi fraîche que la mer.

À la pension, c'était jour de hachis – purée grumeleuse, tomates en conserve et viande de médiocre qualité, le tout baignant dans une graisse orangée.

Notre dîner terminé, Finn s'essuya la bouche et les doigts à une serviette, pendant que je rassemblais mes affaires afin de reprendre le chemin de Saint-Oswald.

— Je crois, annonça-t-il avec des airs de proclamateur officiel, répondant ainsi à une proposition que j'avais oublié avoir faite, je crois que nous devrions explorer le fort.

16

Quelques élèves restaient à Saint-Oswald pendant les congés de Carême afin d'atteindre à l'excellence dans divers domaines (natation, chorale, chimie) ; en réalité, c'était un prétexte offert aux parents qui vivaient à l'étranger, partaient en vacances sans leurs rejetons ou ne voulaient tout bonnement pas s'embarrasser d'eux. Saisi d'un esprit d'initiative plutôt rare, j'écrivis aux miens une lettre signée Clifton-Mogg pour les informer que je passerais mes congés à la pension, puis une à Clifton-Mogg signée de mes parents afin de lui signifier que j'étais autorisé à rentrer chez moi en train. Je me découvris de surprenants talents de faussaire, me demandai si j'avais enfin trouvé ma voie.

La quinzaine précédant les vacances ébranla mes nerfs, alors que je n'aurais pas dû m'inquiéter. Ni l'institution ni ma famille n'eurent de soupçons, et j'éprouvai une intense satisfaction en constatant la réussite de mon entreprise.

— Tes vieux ne sont pas encore là, Hareng ? ricana Gibbon. Ils t'auront oublié. J'aurais tant aimé pouvoir rester et te tenir compagnie. Pas de chance, malheureusement ! On m'attend une fois encore dans le sud de la France.

Je ne daignai même pas lever la tête.

— Ton père s'y planque du fisc ?

Il laissa tomber un préservatif usagé sur mon cahier.

— Cadeau d'adieu. Je l'ai culotté pour toi. (De l'autre côté de la pièce, Barrett hennit d'allégresse.) Au moins, toi et Reese serez ensemble. Après tout, vous avez déjà été ensemble, non ?

J'étouffai un soupir. Reese avait reçu la permission de villégiaturer chez une tante âgée, mais il ne partirait pas avant le lundi. Toujours aussi empêcheur de tourner en rond, ce Reese.

Bref, le dernier vendredi du trimestre, alors que la plupart de mes camarades s'apprêtaient à gagner l'Espagne, la Cornouaille ou la France avec des familles aimantes, je préparai mon sac sous l'œil inquisiteur d'un Reese qui rôdait autour de moi.

— Où vas-tu ? demanda-t-il, soupçonneux.

— En Espagne. Je te l'ai déjà dit.

— Et tes parents ?

— Je dois les retrouver. À la gare.

Je continuai d'empaqueter mes affaires, il continua de rôder.

— Tu me présenterais ton ami maintenant ?

— Je m'en vais.

— Puisque c'est comme ça, je te suivrai encore.

Quoi ? Ce fut trop. Je lui balançai un coup de poing dans l'estomac. Horrifié, je le vis se plier en deux et fondre en larmes. Une fatigue, un ras-le-bol m'envahirent, et je regrettai vaguement de l'avoir frappé.

— Bon Dieu, Reese ! maugréai-je en voulant l'aider à se redresser, ce qu'il refusa avec une violence étonnante. Écoute, désolé de t'avoir cogné. Arrête de pleurer, nom d'un chien !

Je m'assis, gêné, mécontent, tandis que lui (gêné, mécontent) essayait de se contrôler. Quand il eut enfin réussi à respirer calmement, je lui offris un verre d'eau. Il n'en voulut pas, garda le silence, ne me regarda même pas. Du coup, j'attrapai mon bagage et partis. Il importait si peu. Il le comprenait, bien sûr, avec l'instinct affûté qu'ont les chiens vis-à-vis du rejet. Tout aussi naturellement, il me méprisait presque autant qu'il se méprisait.

Je traversai le pensionnat déserté et pris le car pour la ville, où j'avais arrangé un rendez-vous avec Finn. Lorsque j'arrivai au marché avec un peu d'avance, je ne l'aperçus nulle part, cependant. Sa patronne menaçante me fixa de ses petits yeux porcins puis me héla.

— Ton ami revient tout de suite.
— Je vais attendre, alors.

Nous restâmes assis pendant une dizaine de minutes inconfortables. Enfin, pour moi, car la vieille était aussi imperturbable que d'ordinaire. Me levant, j'allai arpenter les étals mais revins vite sur mes pas, trop excité à l'idée des semaines à venir pour rater l'arrivée de Finn. Sauf qu'il n'était toujours pas là.

— Tu dois t'ennuyer, me lança la femme. Quelqu'un s'est-il déjà préoccupé de ton avenir ?

Sa voix était onctueuse comme de la brillantine et m'évoqua le serpent du *Livre de la jungle*, tandis que je m'efforçais de comprendre le sens de ses paroles. Était-elle en train de me proposer un travail dans l'administration publique ? Quand le déclic se fit, je reculai, horrifié. Était-elle vraiment en mesure de décrypter votre destin ?

Je secouai la tête, embarrassé par ce stratagème évident destiné à me soutirer de l'argent. Avais-je réellement besoin qu'on me raconte que j'allais rencontrer une femme noire et que je vivrais dans une ville dont le nom commençait par un S ? Mon futur me paraissait trop évident pour qu'on s'embarrassât de le présager. Celui de Finn eût été plus intéressant – je ne l'imaginais pas autrement qu'ayant seize ans et ailleurs que dans la cabane au bord de la mer, ses traits et son corps ni plus ni moins élégants qu'aujourd'hui. Tenter d'envisager son avenir serait revenu à vouloir en prêter un à Peter Pan.

— Suis-moi, ajouta la vieille en posant sur mon épaule une main pareille à un pied de cochon.

Je cherchai frénétiquement Finn des yeux.

— Ne t'inquiète pas, ajouta la femme, on a le temps.

En vérité, je n'avais aucune envie de savoir. Je ne voulais pas apprendre que le temps m'était compté, que des difficultés m'attendaient, que je n'étais pas heureux en amour. Je ne tenais pas à découvrir que tout mon argent me serait volé par la personne que j'aimerais le plus, que la confiance que j'aurais accordée serait entachée de supercherie, que rien ne serait ce qu'il semblerait être, que ma vie serait criblée de bienfaits déguisés en catastrophes, ou *vice versa*.

De toute façon, pour ce qui me concernait, cela était par trop évident.

— Tant pis, renonça-t-elle avec insouciance. Nous allons prendre une tasse de thé.

Coincé, j'entrai derrière elle dans le café du marché, où une ardoise annonçait fièrement le plat du jour : côtelettes de porc et flan pâtissier. Je m'assis en face de la patronne de Finn, cependant qu'une vieille bique nous apportait du thé.

— Laisse-moi te regarder, lança mon interlocutrice, quand un épais breuvage blanchâtre eût été posé sur la table.

En dépit du visage mou comme un pudding dans lequel elles étaient enfoncées, les prunelles luisaient, dures. Elle les vrilla sur moi, et mon cœur cessa de battre ; je mis quelques secondes à me rappeler de respirer et exhalai longuement.

— Il y a une fille, lâcha-t-elle sans préambule.

Évidemment. Il y avait toujours une fille, songeai-je, en levant les yeux mentalement. Belle comme une princesse, un bébé bien gras sur chaque hanche. Je faillis éclater de rire. La bonne femme haussa les épaules, agacée.

— Concentre-toi.

C'était un ordre. Elle souleva la petite salière en verre, et je suivis l'objet des yeux. Super ! Voilà que j'étais sur le point d'être hypnotisé, enlevé, vendu comme esclave afin de… mais à quoi serais-je bon ? Fixant la salière, je retins un second accès d'hilarité en méditant sur le tumulte qui se déchaînait dans mon cerveau, sur ce que cette femme avait dit, et il me vint à l'esprit qu'elle avait sans doute raison, qu'il y avait trop de pensées, trop de facettes dans chaque chose et dans chaque être humain, trop d'efforts pour leur donner un sens, si bien que – contrairement au sel, contrairement à une statue de sel, contrairement à la femme de Loth (ou était-ce Orphée ? en tout cas, quelqu'un qui s'était transformé en statue de sel en regardant derrière lui, alors qu'il n'était pas censé le faire) – je finissais toujours par être déboussolé, distrait et comme dépassé. Une image s'imposa alors à moi, celle d'un visage, pas du tout humain, vaguement déformé, comme si une épaisse assiette en verre m'en avait séparé. Le visage d'une fille que je connaissais comme on connaît quelqu'un dans un rêve, ensemble familier de fausses informations. Elle leva les mains, des mains fortes aux longs doigts fins, effleura mes joues, expérience d'une clarté tellement saisissante que je sentis la légère pression sur mes pommettes ; quand je me détournai de la vision, je m'aperçus que c'était la vieille qui avait posé ses mains sur moi, et je reculai d'un bond, égaré, horrifié.

— Très intéressant.

Sa voix était douce et atone, le son produit quand on souffle légèrement dans un tuyau. Un instant, l'image du visage resurgit, indistincte, vacillante. Puis elle s'évapora, et il ne resta plus que la sorcière avec ses doigts enroulés autour de la salière qui m'empêchaient de regarder à travers. Elle me contemplait en opinant, alors que je n'avais pas prononcé une parole. J'avais réintégré le monde extérieur, assis à une table de café, et mon thé refroidissait.

La sorcière de Finn me fixait, et ses traits avaient pris une dimension nouvelle. Compassion ? Pitié ? Elle secoua la tête, plissa les paupières et avança un doigt noueux avec lequel elle me tapota le front.

— Sois plus attentif, lâcha-t-elle.

En sursautant, je compris que c'était ça, la prédiction de mon avenir. Lorsque nous ressortîmes, je trottinai derrière elle, la langue fourmillant de questions, mais elle m'ignora comme si nous ne nous étions jamais parlé.

Ce qui m'amène à la règle suivante, formulée avec le recul et une forme de sagesse durement acquise.

Règle numéro six : les indices sont partout.

Finn surgit une minute plus tard. Quand nous partîmes, Carabosse lui donna son argent et le congédia d'un geste. Moi, j'aurais pu tout aussi bien ne pas exister.

— Qu'y a-t-il ? s'enquit Finn presque aussitôt. On dirait que tu viens de croiser un fantôme.

La pertinence du cliché aurait dû provoquer mes rires, mais ma capacité à voir le côté amusant des choses m'avait temporairement déserté. J'eus envie de lui confier la prophétie dénuée de sens, l'étrange image flottante mais, à force de guetter le moment adéquat, ce dernier finit par ne jamais arriver.

Nous marchions d'un bon pas dans la lumière blanche, en file indienne sur le sentier qui contournait les grilles de la pension. Les feuilles pâles des arbres et le soleil éblouissant récuraient mon cerveau de ses sombres pensées. La marée descendante, au gué, était forte. Au lieu du kayak, Finn tira de sa cachette un petit canot. Je ne l'avais encore jamais vu. Malgré son état avancé de délabrement, je fus ému que Finn eût songé que nous serions deux à traverser et s'y fût préparé, preuve concrète que j'avais effleuré sa conscience à un moment où je n'étais pas physiquement devant lui. Découverte enthousiasmante, un peu comme voir un chimpanzé fabriquer des outils.

Je l'aidai à traîner l'embarcation hors des dunes ; elle était plus lourde que le kayak, ce qui me conduisit à m'interroger sur la façon dont il s'y était pris pour l'amener ici seul. Il jeta mon sac à l'avant, cependant que j'embarquai le moins maladroitement possible, en plissant les yeux à cause de l'éclat du soleil. Il poussa le bateau à l'eau avant de sauter dedans, léger, et de s'emparer des rames dans un même mouvement. La terre s'éloigna rapidement. Finn n'eut qu'à nous mettre dans la direction de la péninsule, car la marée nous poussait vers le large. Brusquement, le canot cessa de filer – nous étions sortis du courant. En quelques coups de rames paresseux à bâbord, Finn nous amena lentement sur la plage. Je débarquai et, à nous deux, nous tirâmes la barque derrière la cabane.

Toute ma concentration s'exerçait sur l'affichage d'une prétendue décontraction, comme si passer deux semaines sans adultes, sans école, sans autorité ni structure de quelque sorte que ce fût en compagnie de mon meilleur (et de mon seul) ami relevait de l'ordinaire. Cela m'était impossible, bien sûr. Ma tête et mon ventre me jouaient de drôles de tours, mes mains tremblaient. J'avais oublié comment parler normalement, j'étais trop agité pour manger.

Finn parut ne pas remarquer l'échec de mes postures, ce qui m'étonna. De ma vie, je n'étais entré dans une pièce sans aussitôt me former une opinion sur ce que les personnes présentes faisaient ou pensaient. Pour moi, c'était un réflexe aussi naturel que respirer. L'ignorance de Finn était-elle volontaire ?

Ce soir-là, au dîner, nous eûmes droit au ragoût de poissons de Finn (j'avais découvert que les ragoûts étaient son principal talent culinaire), servi dans de grands bols à l'aide d'une tasse et non d'une louche. Je reconnus des pommes de terre, des carottes, du crabe, des moules et un mélange de différents poissons, mais soupçonnai que tout cela ne constituait que la surface des choses ; mon hôte hissait régulièrement toutes sortes de monstres du fond de la mer et m'en régalait. Il faut dire que c'était délicieux.

L'occasion était si belle, si évidente, que nous sortîmes

manger devant le cabanon, dans la tardive lumière dorée, bercés par le doux clapotis des vagues en arrière-plan. Le petit chat nous rejoignit et se lova sur les genoux de Finn afin de profiter de la chaleur de son corps. Peu à peu, mon énervement sembla être emporté par les flots, je me calmai.

Nous sauçâmes nos bols avec du pain et, rassasiés, restâmes assis, sans personne pour nous obliger à dire nos prières ou à respecter un protocole quelconque, et rien à faire avant le plat suivant, au cas où nous aurions décidé d'en avoir un.

Pour le dessert, je produisis un gâteau, le dernier de la pâtisserie, décoré cette fois d'un clown bleu et d'un glaçage vert. J'arrachai la tête du clown puis, à l'aide d'un couteau émoussé, fis des parts plus ou moins régulières. Finn accepta la sienne sans entrain particulier, ayant vécu durant des années loin des confitures et des sucreries ; à mes yeux en revanche, en cet instant, cette douceur n'eut aucun équivalent au monde.

Léchant mes doigts, je m'enquis de notre raid au fort. Je savais qu'il nous faudrait partir tôt, à cause de la marée. Inutile d'épicer l'aventure par des courants contraires.

— Nous n'aurons pas beaucoup de temps, répondit-il, mais ça devrait suffire pour jeter un coup d'œil.

L'exploration avait l'air de l'exciter comme un enfant, et je me réjouis de cette manifestation de plaisir inattendue.

Nous nous attardâmes longtemps dans l'obscurité, contemplant le faisceau de lumière du phare, hypnotique, rassurant, accompagné par le tintement d'une bouée. La marée semblait particulièrement basse, ce soir-là ; la plage s'étirait au large, et les vagues murmuraient au loin. C'était sans doute lié à la pleine lune.

— Est-il vrai qu'on entend encore les cloches des églises englouties ?

Ma question se référait à la légende, appréciée à Saint-Oswald, selon laquelle les carillons de la ville perdue étaient perceptibles, les calmes nuits d'été. Pour ma part, j'étais évidemment persuadé de l'absurdité de pareilles assertions.

— Bien sûr, acquiesça Finn sans tourner la tête.

Je le regardai en douce, histoire de m'assurer qu'il plaisantait. Rien dans son expression ne me permit de me faire une idée, cependant. Nous gardâmes le silence durant la demi-heure qui suivit, jusqu'à ce que la température fraîchisse et nous oblige à réintégrer la cahute. Pendant ce laps de temps, je tendis l'oreille, à l'affût de la magie, mais n'entendis rien d'autre que les sons métalliques d'un flotteur.

17

Le bruit de Finn mettant de l'eau à bouillir me réveilla à l'aube. Il n'était pas de nature bavarde, surtout à cette heure, et ne relança aucune de mes tentatives pour discuter. À l'instar de la cabane, il chauffait lentement, et j'avais l'impression que son habitude de la solitude était si ancienne que, tous les jours, il s'étonnait de me découvrir endormi sur la couchette qui avait été autrefois celle de sa grand-mère.

Je pris également conscience que j'étais pensionnaire depuis bien plus longtemps que lui ne vivait seul, et que, par conséquent, mon aisance sociale était quelque peu biaisée. Lorsque j'étais chez mes parents, j'observais ma mère jacasser dès le petit déjeuner, comme un anthropologiste aurait étudié le comportement caractéristique d'une tribu donnée.

Détestant l'idée de devoir me lever dans le froid, je restai blotti sous mes couvertures et ne m'en extirpai que pour enrouler mes paumes autour d'une tasse de thé chaud. Finn avait ajouté du sucre au mien sans que je le lui demande, et je détournai la tête pour cacher le plaisir qui rougissait mes joues. Je savais que si j'attendais au lit qu'il lance le feu et se consacre à ses activités matinales, le cabanon serait bientôt empreint d'une sorte de tiédeur confinée. Allongé, je savourai donc les bruits familiers en reculant le plus possible mon retour à la pleine conscience.

Rien dans ma vie depuis n'a égalé ces petits matins où, à moitié assis dans mon lit, encore nimbé de chaleur, sans obligation de bouger, je me contentais de regarder par la fenêtre les premières lueurs qui allumaient le ciel. Je contemplais les navires qui passaient lentement, chalutiers rentrant d'une longue nuit de pêche, voiliers en provenance de l'estuaire qui profitaient de la marée favorable, petits remorqueurs regagnant le port. La nuit, les bateaux transportant des passagers brillaient comme des étoiles sur l'horizon, mais la lumière du jour les rendait invisibles.

— On va prendre le canot, annonça Finn par-dessus son épaule en se dirigeant vers la porte.

J'observai sa silhouette qui s'amenuisait et dont les contours s'estompaient au fur et à mesure qu'il s'éloignait dans la brume matinale. Le monde n'était pas encore nettement dessiné. Même le son du ressac paraissait étouffé, comme si les flots n'avaient pas été tout proches. De ma place, ils étaient presque cachés par un manteau de brume grise. Ce moment de demi-obscurité ne durerait pas et, dans moins d'une heure, le soleil aurait consumé le brouillard et rendu leur acuité aux choses.

Quand je finis par m'habiller et rejoindre Finn, il était en train d'équiper le canot pour notre expédition : un mât en bois et une voile récupérés dans les dunes, un gros rouleau de cordage, une conserve pour écoper, une ancre. Le soleil tapait dur, et je devinai que mon épais tricot ne tarderait pas à devenir trop chaud.

Finn hissa la petite voile, lança le bateau au vent et me désigna du doigt l'endroit où il voulait que je me tienne. Je grimpai à la proue et, sur une dernière poussée, nous partîmes, Finn en charge de la barre et de la voile, moi braillant des chansons de pirates et *What Shall We Do With The Drunken Sailor ?* pour l'amuser. Il finit par froncer les sourcils.

— Je me tape tout le boulot pendant que tu restes assis là à produire des bruits horribles.

— Oui, acquiesçai-je, tout content, en braillant un couplet gaillard, deux fois plus fort que les précédents.

— Changeons de place, ça te clouera le bec.

— Je ne sais pas manœuvrer un voilier.

— Je vais t'apprendre.

Et, brusquement, le fameux sourire. Nous permutâmes donc, maladroitement, et Finn me tendit un bout et la gouverne.

— Essaie de sentir la façon de les équilibrer l'un par rapport à l'autre, me recommanda Finn.

De l'hébreu pour moi. Au début, je luttai de toutes mes forces contre le vent et les vagues. Sans résultat. Le canot progressait par soubresauts, telle une vieille voiture cahotant, faute d'avoir enclenché la bonne vitesse, s'arrêtant, repartant, oscillant dangereusement à droite et à gauche. Finn fixait l'horizon, détendu, un petit sourire aux lèvres, refusant de m'aider. J'allais abandonner quand, soudain, l'embarcation fila droit devant en une course fluide et ordonnée. Nous voguions ! *Je voguais !* Le petit bateau fonçait, planait, la mer frappant l'avant de la coque, le vent à tribord, la voile tendue comme un trampoline. La vitesse et une vague terreur me rendirent téméraire, enthousiaste, durant les trois minutes qu'il me fallut pour amener l'embarcation trop près du vent et que je perde prise sur la barre. Ma communion avec les éléments cessa net. Le mouvement expédia le gouvernail dans le coin opposé de la poupe, hors de portée de main. Je m'accrochai comme un naufragé au cordage de la voile, le canot gîtant de manière impressionnante, de plus en plus rapide, et prenant l'eau sur le bord.

— Lâche la voile ! me hurla Finn.

Malheureusement, tétanisé, les yeux à moitié fermés, je priais pour mon salut, les doigts agrippés autour du bout avec une obstination paralysée. Finn dut me l'arracher de force, et l'effet magique se produisit – le bateau se redressa instantanément. La barre, soudain libre et amicale, vint se placer dans sa main et, après quelques réglages, nous reprîmes notre course. D'un geste, Finn m'indiqua de retourner à la proue. Il était triomphant, ce qui ne lui ressemblait pas. Si je ne l'avais pas aussi bien connu, j'aurais pu le soupçonner d'avoir voulu prouver quelque chose, comme la minceur de la frontière qui séparait une navigation déliée et efficace du chaos, de la panique, de la mort.

Mais bon, peut-être pas.

Essayer de penser comme Finn revenait à se rendre coupable de ce que notre professeur de littérature appelait un « misérable sophisme » – attribuer des émotions humaines à un rocher ou à un arbre, par exemple. Finn songeait sûrement à la frontière pas si mince séparant qui était capable de diriger un voilier de qui ne l'était pas.

Pour autant, je ne lui en voulus pas. Jouer le ballast me

convenait parfaitement. Le vent avait forci, et je me penchai par-dessus bord, hypnotisé par les reflets du soleil sur la surface sombre de la mer et par l'opacité vert-noir de cette dernière qui défilait sous la coque. Nous longions la côte, en direction du nord, depuis moins d'une heure, et j'avais déjà oublié le but de notre croisière.

— Regarde ! me dit Finn en désignant du doigt une anse peu profonde cernée par des falaises qui s'écroulaient, vastes pans de craie et d'argile ayant glissé vers la plage.

— C'est là que se trouvait le port.

Je me tournai, plissai les paupières afin de mieux voir, cependant que Finn bifurquait pour gagner le large.

Nous étions à environ trois cents mètres du littoral quand j'aperçus quelque chose devant nous, une masse sombre qui affleurait à la surface. Je la montrai à Finn, mais il s'y dirigeait déjà. Peu à peu, je me rendis compte qu'il s'agissait d'un ouvrage réalisé de la main de l'homme. Le temps que je l'identifie comme le fort, la mer s'efforçait de nous réduire en miettes contre ses parois. Finn manœuvra habilement, contournant les remparts comme si c'étaient les bornes d'une régate, mouvement d'une audace folle, me sembla-t-il, car d'autres ruines romaines risquaient de nous éperonner.

Bien que cela sonne comme un abominable cliché, la vision floue de cette construction vieille de deux mille ans fit se dresser les poils sur ma nuque. En bon élève romantique, j'imagine que je m'étais attendu à un édifice impeccable : murs gris légers formant des crénelages ordonnés comme un château fort en plastique. La réalité était cependant lourde et noire, semblable à une fantaisie cauchemardesque, couverte de berniques et d'algues, si profondément engloutie qu'on n'en distinguait presque rien, à l'exception des moments où les vagues fendaient la surface, et où la lumière tombait selon un certain angle.

Mes rêves de jeter une corde par-dessus une tour et de quitter le bateau pour partir en exploration étaient risibles ; le fracas dangereux des flots contre ces murs massifs les rendaient absurdes. Les seules formes de vie s'accrochant dans les parages étaient les bernacles et les moules.

Finn nous ayant éloignés à une distance plus raisonnable, nous dérivâmes, voile affalée, songeurs. Il inclina la tête et me regarda, des éclats de soleil dans les yeux. Les coins de sa bouche se retroussèrent, et je crois bien qu'il se serait allongé, bras en croix, si cela avait été possible.

— Eh bien, lâcha-t-il, le voilà, ton fort.

En effet. Je scrutai les eaux, cherchant une trace quelconque du monastère de saint Oswald, le moindre vestige d'un cloître ou d'arches perchés sur ce Léviathan. Mais, si ces choses avaient existé, il n'en restait plus rien.

— Et maintenant ? demanda Finn en haussant les épaules.

Ce matin-là dans la cabane, en sécurité dans mon lit douillet, je m'étais imaginé glissant le long du flanc du canot, plongeant, tâtonnant le long des pierres lisses, retenant miraculeusement mon souffle jusqu'à ce que j'arrive au fond, où reposaient une couronne et un gobelet d'or, brillant dans la mer illuminée de soleil, attendant que je les ramasse pour les donner à Finn. Je m'étais vu émergeant, recrachant de l'eau comme une baleine et jetant d'un geste décontracté ces trésors inestimables dans le bateau, en guise d'offrandes.

À présent, seule l'envie de mourir aurait pu me pousser à sauter. Sans nuages pour assourdir le vent, la mer volait autour de nous, écrasant ses vagues sur les ruines avec de violents bruits creux. Il était difficile de croire que ces remparts résistaient encore au poids de ces flots froids et sombres. Minute après minute, heure après heure, jour après jour, pendant plus de mille ans, les eaux s'étaient ruées à l'assaut de la maçonnerie ; je m'émerveillais que les Romains eussent été capables de bâtir des murs aussi résistants. Comment expliquer cependant que les barbares fussent parvenus à percer si aisément ces défenses ? « Aisément » était le qualificatif qu'utilisait mon livre d'histoire, et je me demandais si son auteur avait jamais approché un fort romain.

— Partons, dis-je. J'en ai vu assez.

Finn fit tourner le canot. Avec le vent derrière nous, il laissa aller la voile et la coinça au taquet, puis il se rassit, la barre sous le bras. Nous volions littéralement, à une vitesse formidable et terrifiante.

— Tu as changé d'avis ? me cria-t-il. Tu n'as plus envie d'explorer ?

— Je m'attendais à autre chose.

J'étais content que les rugissements du vent rendent la conversation difficile.

— Tu veux voir la cité disparue ? Il est encore tôt.

J'acquiesçai tout en contemplant les muscles lisses de ses bras quand il changea de cap. Ce n'était pas qu'il fût particulièrement costaud, plutôt agile, leste, doué pour transformer en accélération la force naturelle de la mer, du vent et du mouvement du bateau. La physique rendue aisée.

Je me mis à scruter les flots, espérant repérer un poisson. Finn ralentit de nouveau et tendit le doigt en direction de la côte. Derrière les broussailles qui poussaient sur les falaises, j'aperçus les ruines d'une abbaye, perchée au-dessus de la plage.

— On va regarder par ici, décréta-t-il en plongeant son visage sous la surface.

Il le ressortit une minute plus tard en crachotant. L'eau était glaciale, et il me fallut quelques tentatives pour m'habituer à sa sombre densité. J'enfonçai ma tête à plusieurs reprises dans le monde obscur et silencieux, retenant ma respiration jusqu'à ce que mes poumons soient sur le point d'éclater.

Je ne vis rien. Rien du tout. Ni ville en ruine, ni pan de ville en ruine. Ni église, ni mairie, ni presbytère, ni même fichue poiscaille. Juste les profondeurs froides, ô si froides, de la mer sombre, ô si sombre. J'étais malade de déception, encore plus malade lorsque je me souvins de la prophétie de la sorcière quant à mon futur. Que je sois plus attentif ? Attentif à quoi ? Je cherchais partout et de toutes mes forces, et il n'y avait rien à voir.

Au diable la ville ! Au diable la sorcière de Finn !

J'allais me redresser quand je crus apercevoir quelque chose. Bien qu'il ne me restât plus beaucoup d'air, je tournai la tête vers l'image furtive. La chose avait disparu. Pourtant, un souvenir s'attardait sur ma rétine, tel un négatif photographique, un ovale pâle entouré de cheveux flottants, vif et lumineux comme la lune.

Surgissant de l'eau, j'enfouis mon visage dans le creux de mon coude afin de le réchauffer.

— Allons-y, marmonnai-je.

Le rire de Finn me parvint. Je constatai qu'il dégoulinait et compris qu'il m'avait eu. Nulle mystérieuse créature marine, rien que lui. Je grognai, et il me gratifia d'un ronchonnement de chameau, guère habitué à ce que son larbin le défie. Mais quand je baissai le bras et levai les yeux, exposant mon visage tavelé, la torsion comique de ma bouche, mes cheveux dégouttant, mon nez rougi, il sourit. D'un sourire qui pouvait exprimer tant l'affection que l'amusement, voire quelque chose de tout autre.

Poussés par un puissant vent arrière, nous mîmes le cap sur la cabane.

18

J'étudiais Finn comme un autre aurait étudié l'histoire, bien décidé à mémoriser son vocabulaire, ses mouvements, ses vêtements, ses paroles, ses actions, ses pensées. Quelles idées lui traversaient la tête quand il semblait distrait ? De quoi rêvait-il ?

Par-dessus tout, cependant, je désirais me voir à travers ses yeux, me définir par rapport à lui, tamiser ce qui était intéressant en moi (ce qui lui avait plu en moi, aussi insignifiant que ce fût) et le distiller en une version plus pure, plus hardie, plus captivante de ma personne.

La vérité, c'est que, durant cette brève période de mon existence, j'échouai à vivre si Finn ne me regardait pas. Voilà pourquoi je le copiai, m'efforçai de me comporter comme lui : m'étirer d'une manière languide et élégante quand j'étais fatigué, me déplacer avec vivacité et détermination quand je ne l'étais pas, parler peu mais avec force, sourire d'une façon qui récompensât le monde.

Naturellement, la plupart de ces attitudes ne me convenaient pas. J'étais lent et maladroit, mal à l'aise dans mon corps. L'aptitude à tolérer le silence me faisait défaut. J'étais fainéant. Contraint. Dénué de spontanéité.

Les vacances de Pâques s'achevaient dans douze jours.

Très tôt le mercredi, bien avant le lever du soleil, armé de sa canne à pêche, Finn remonta la plage en direction de l'embouchure de la rivière. La veille au soir, les mouettes qui tournoyaient là l'avaient informé de la naissance des vairons. L'exploit consistant à rejeter les couvertures ne le rebutait pas, alors que je le détestais. Le geste était déjà assez difficile dans un dortoir minable, par un matin glacé. Il était pratiquement impossible, au début du printemps, dans le froid d'une cabane, où vous saviez que même le plaisir ordinaire d'une visite matinale aux toilettes mettait vos parties basses en contact direct avec le vent venant de la mer du Nord. C'est ainsi que, tandis que je restais couché dans mon lit douillet, extrêmement heureux de ne pas avoir à m'en extirper pour le petit déjeuner, la prière à la chapelle ou les cours, Finn sélectionna ses leurres et s'en alla.

Une heure s'écoula avant que je ne le rejoignisse, d'un pas lent et paresseux, mais peu désireux finalement de lui autoriser un fragment de vie loin de moi. Dans la lumière grise de l'aube précoce, il lançait sa ligne depuis la plage, à l'endroit où la rivière rejetait de minuscules poissons dans la mer afin qu'ils s'y ébattent et y meurent, repas facile qui attirait de plus gros poissons. Patient, silencieux, Finn expédiait son leurre dans l'eau avant de le ramener sans se presser. J'écoutais le ronronnement ténu et précis du moulinet, je regardais le bouchon de bois peint orné de plumes et son armure d'hameçons mortels devenir invisible, je l'imaginais couler, langoureux, faux, cependant que Finn le tirait par petits coups vers la berge. Il répéta l'exercice pendant des heures, méditatif. Ce n'était pas un divertissement particulièrement excitant, mais je m'en moquais. J'étais hypnotisé par l'élégance simple de ses actes et de ses gestes.

Blotti dans mon pull, rêveur, absent, j'observais le soleil qui rosissait et se levait au-dessus de la mer quand, soudain, une main se posa sur mon bras, me faisant sursauter. Finn désigna du menton l'endroit où il pêchait. Je regardai. La mer bouillonnait sur un cercle d'une dizaine de mètres de diamètre, et je me demandai s'il fallait y voir l'annonce de l'apparition de notre Léviathan personnel. Ma vision se précisa, et j'aperçus des silhouettes de poissons, queues et nageoires, corps entiers parfois, qui bondissaient hors de l'eau avant d'y retomber avec de petites éclaboussures.

— Des harengs, chuchota Finn, joyeux.

Il s'empara d'une canne plus légère que la précédente, l'appâta rapidement et lança son hameçon au milieu du cercle mouvant. Au troisième essai, le fil se tendit, la canne se courba, et il ramena soigneusement sa ligne, à laquelle était accroché un poisson luisant argenté et bleu, long comme l'avant-bras. L'animal se débattit comme une belette jusqu'à la plage.

Je regardai Finn le tuer, je le regardai en attraper six autres sans perdre de temps, avant que le banc grouillant ne s'éloigne hors de portée. Il vida chaque bête avec des gestes appliqués et précis, puis en racla la peau. Les écailles voletaient sur le sable, où les rayons du soleil montant les faisaient briller comme des paillettes. Elles étaient si belles que j'en ramassai une mais, dans ma paume, elle devint une chose sans vie, visqueuse, répugnante.

Concentré sur sa tâche, Finn ne leva pas une seule fois la tête vers moi.

Comme il gagnait sa vie en vendant ses poissons en ville, nous ne les mangeâmes pas, les enveloppant dans des algues afin de les livrer plus tard ce jour-là. Entre-temps, nous ramassâmes des palourdes pour le déjeuner dans une crique de l'estuaire, où elles nichaient profondément dans la vase. Nous les repérions avec nos pieds nus, les retirions de l'eau glacée. Très vite, à force d'extirper les petites créatures grassouillettes et de les jeter dans un seau, mes mains et mes orteils s'engourdirent. Du sang suintait de diverses coupures et égratignures que je m'étais infligées sans m'en rendre compte et rosissait la mer. Je grattai ensuite les coquillages et Finn les mit à cuire à l'étouffée dans une casserole pleine d'algues et de poignées de fenouil marin d'un vert vif, cueilli dans les marais. Les palourdes étaient salées et sableuses, mais nous les lavâmes dans l'eau chaude avant de les plonger dans du beurre fondu que nous sauçâmes avec du pain une fois nos assiettes terminées.

Je n'avais de cesse que cette vie de naufragé me marquât d'une façon ou d'une autre, me virilisât ; toutefois, au fur et à mesure que s'écoulaient les heures et les jours, je sentais s'intensifier la distance entre Finn et moi. Plus nous passions de temps ensemble, plus il était difficile de l'amener à bavarder. Ses silences me paraissaient plus profonds, plus retirés. Le vendredi, j'en vins à la conclusion que je le dérangeais, et je me fis le plus petit possible, réprimant mon désir d'exprimer mon enthousiasme à chaque nouvelle découverte ou de le suivre partout comme le parasite idolâtre que j'étais.

La vision de Reese me traversa l'esprit ; j'en frissonnai.

Je devins furtif, être mutique et triste sans nulle part où aller mais avec interdiction de rester. Ce n'était pas ainsi que j'avais envisagé mon séjour avec lui, et l'image que je m'étais forgée de moi-même – héroïque et concrète, vivant à la dure, au naturel – était contredite par le reflet que je distinguais dans les prunelles de Finn.

Je le laissai aller seul au marché suivant. Rencogné sur un siège, je fixai le grand livre d'histoire, des larmes plein les yeux. Je somnolai un peu et, la nuit était presque tombée, fraîche, quand j'entendis le kayak racler le sol derrière la cabane. Me redressant, je me débarrassai de ma couverture et ouvris le volume au hasard, m'y plongeant avec une intensité suffisante pour feindre de ne pas avoir perçu de bruit. Non que ce subterfuge eût une quelconque chance de fonctionner. Mon visage marqué des plis et de la boursouflure du sommeil me trahissait comme une balise.

Il entra, ne me salua pas, entreprit de ranger des provisions dans la cuisine.

— C'était comment, en ville ?

Il me regarda comme s'il me découvrait, réfléchit à la question et haussa les épaules.

— C'est juste que…

Les mots se déversèrent alors, précipités.

— *Si tu veux, je m'en vais.*

Il me contemplait sans un mot, fermé, et un son affreux monta, mouillé et creux, lorsque quelque chose se brisa en moi. Finn finit par hausser derechef les épaules et lâcha, sur un ton plus perplexe qu'hostile :

— Va-t'en si tu en as envie.

— Je n'en ai pas envie, avouai-je en détournant la tête.

— Ben alors ?

— C'est toi qui souhaites que je parte, murmurai-je. Je suis désolé, je n'avais pas l'intention d'être comme ça.

À mi-chemin de cette confession, la voix me manqua presque. Interdit, il secoua la tête, puis il alla s'occuper du feu. Bien qu'aveuglé par les larmes que je me refusais à essuyer (aveu trop évident de mes pleurs), je pouvais suivre ses mouvements. Il choisit une bûche sèche qu'il déposa sur les braises. Lorsque le bois commença à crépiter, il y plaça la bouilloire.

Hagard, je me mis à rassembler mes affaires tout en me demandant où aller et que faire, m'imaginant en train de tituber, courbé, à l'instar d'Adam accablé par le péché et exilé du paradis. Le caractère fascinant de mon apitoiement sur moi-même était si distrayant que, l'espace d'un instant, j'en oubliai Finn. Lorsque je levai les yeux et le découvris devant moi, je tressaillis. Durant un moment, il se borna à regarder autour de lui en silence : le lit défait, le livre d'histoire ouvert, les chaussettes, les pulls, les gants éparpillés sur le sol de la minuscule maison. *Sa* maison, jusqu'alors inviolée et solitaire. Rougissant, je me courbai comme un suppliant, m'empressant de ramasser les signes de ma présence et de les fourrer dans mon cartable, me gommant entièrement de la scène.

Finn laissa échapper ce qui ressemblait à un soupir, puis il traversa la pièce et grimpa l'escalier étroit menant à sa chambre sous le toit. À mi-parcours, il s'arrêta et se retourna vers moi.

— En fait, me dit-il avec une expression qui n'était pas destinée à me rassurer, j'apprécie plutôt que tu sois là.

19

Au Moyen Âge, le cours de l'existence se déroulait pour l'essentiel dehors : planter, garder le bétail, cuisiner, acheter et vendre, se marier, naître et mourir, faire la guerre. La vie selon Finn, au XXe siècle, en différait peu. Malgré le froid, nous nous promenions et pêchions, nous allongions sur la plage et admirions le soleil à travers les nuages ou les étoiles, relevions les nasses, nous amusions avec les bateaux. Nous allions au marché avec ses poissons ou son sac de crabes et, comme des Angles ou des Saxons, les troquions contre ce qui nous manquait – un marteau, une miche de pain, une paire de chaussettes en laine.

Au bout de seulement dix jours à la cahute, j'étais capable d'apprécier les avantages d'un tel monde, un univers sans superflu. Une casserole, un endroit où dormir, un ami, un feu – que me fallait-il de plus ?

J'aimais la richesse simple de notre existence domestique, nos rythmes qui se chevauchaient, nos brefs contacts visuels, l'apparente décontraction pourtant soigneusement chorégraphiée de la danse que nous accomplissions dans les pièces que nous partagions. J'appris même à accepter le mutisme de Finn pour ce qu'il était au lieu d'y lire un reproche. Cette leçon du respect des silences des autres s'est révélée utile par la suite, car je suis du genre à vouloir les combler, une personne à ne pas inviter lors d'expéditions destinées à observer les oiseaux. En dépit des efforts qu'exigeait mon adaptation, je m'habituai à parler à peine pendant des journées ou des heures entières, acceptant cette dérive commune dans une taciturnité onirique remplie par les mots qui s'échappaient de mon cerveau et flottaient, non prononcés, avant de se dissiper dans le bleu froid du ciel.

Je me mis à relayer Finn dans certaines de ses tâches : couvrir les latrines de sable, aller chercher l'eau dans le réservoir situé au bout de la rangée de cabanes. Ni lui ni moi ne commentions ma participation de plus en plus active, mais je décryptais sur son visage des expressions que je n'aurais pas remarquées avant, des petits coups d'œil ou mouvements de bouche. Plaisir. Déplaisir. Impatience. Et, très rarement : intérêt, amusement. Parfois, je me croyais capable de repérer le passage de pensées sur ses traits, même si leur contenu restait un mystère, à croire qu'elles étaient écrites dans une langue étrangère.

Nous vécûmes la fin de mes vacances dans un idéal viril (*mon* idéal viril) du bonheur parfait. La sensation et le goût de ma peau salée me devinrent familiers. Mon visage brunit à force d'être exposé toute la journée au soleil d'avril. Pour la première fois de ma vie, mes cheveux me donnèrent l'impression d'être épais, enduits qu'ils étaient de sel. La cabane ne comportant pas de miroir, je regardais Finn et m'imaginais grandir, mincir, m'endurcir au fil du temps. C'était un leurre par bien des aspects que je soupçonnais déjà, par bien d'autres que je n'envisageais pas encore. Mais il me rendait heureux et, même alors, je devinais que cette joie était une chose dans laquelle plonger tête la première, et au diable les torpilles. Notre vie ensemble devrait se terminer, je le savais, comme je pressentais que la douleur de quitter cet endroit serait insoutenable, telle la mort.

Au cours des années qui ont suivi, j'ai eu envie, désespérément parfois, d'interroger Finn sur ces semaines, de lui demander si elles n'avaient été belles que pour moi, si elles ne marquaient encore que mon seul esprit. J'ai désiré savoir si ma présence avait changé quelque chose, en mieux. Si ma présence avait *changé quoi que ce soit*. C'était impossible cependant. Encore une fois, c'était le suppliant en moi, le repentant qui souhaitait s'entendre dire que tout cela avait valu la peine, et qu'il n'avait pas apporté que la destruction et la ruine dans la maisonnette du bord de mer.

02

Je retournai au lycée en espérant avoir réussi à passer entre les gouttes avec mon aventure pascale mais, dès le début, Reese fit preuve d'une suspicion tenace, pareille à une mauvaise odeur. Il rôdait alentour, chaque jour plus malveillant et obséquieux, et quelque chose dans son comportement de Gollum me laissa entendre qu'il en savait trop. Cependant, comme lui, il m'était plus facile de l'ignorer, ce que je fis.

Nous étudiions les quatre forces fondamentales de la physique. Tout en feignant d'essayer de me débattre avec ces notions, mon esprit vagabonda d'abord vers Finn, la plus gracieuse et la plus mystérieuse des forces, avant de s'arrêter ensuite aux rumeurs, qui en sont une à elles seules.

Règle numéro sept : toutes les rumeurs sont vraies.

Pour peu qu'on ait la patience d'attendre et de voir, l'histoire réécrit la vérité (la plus faible des forces, la moins importante aussi) sous la forme de l'opinion. Ce qui s'est réellement produit cesse de compter et, en fin de compte, d'exister.

Les rumeurs affirmaient qu'on m'avait vu en ville et sur la plage, alors que j'étais censé passer mes vacances en famille. Ce qui est intéressant, dans ces témoignages, c'est que la plupart relevaient de l'invention pure. Même si cela n'altère en rien la vérité essentielle, à savoir que j'étais avec Finn au moment où j'aurais dû être avec mes parents, en Espagne. Les ragots, mêlés aux commérages, me peignirent en compagnie d'un homme plus âgé (entendez un sale vieux pervers) dans différents établissements chic de la ville, prenant le thé ou me gavant d'un canard aux groseilles à l'hôtel du Port, tandis que mon consort se léchait les lèvres et glissait une main concupiscente sur ma cuisse.

Le stéréotype de l'histoire la dota de crédibilité ; après tout, il était de notoriété publique que nombre de nos professeurs étaient des célibataires entre deux âges ayant un goût prononcé pour les sorties hors les murs de la pension avec de jeunes garçons ; par ailleurs, bien des messieurs mariés fort respectables de la ville repensaient aux peccadilles sexuelles de leur propre scolarité avec quelque chose qui ressemblait plus à de la nostalgie qu'à de la gêne. Ajoutez cela aux frustrations et aux privations d'une institution entièrement masculine, une bourgade que le train ne reliait plus à Londres, une partie du monde où les hivers étaient longs, solitaires et dénués de distractions plus saines, et vous obtiendrez le cadre idéal à la perversion – celle de la vérité pour le moins.

Les accusations commencèrent comme des chuchotements, certaines si délirantes que je ne pris même pas la peine de les nier. Je les aurais sans doute complètement manquées, sans Reese qui me rapportait les dernières légendes comme s'il n'était pour rien dans leur invention. Malheureusement, dès le mercredi de la première semaine après la reprise des cours, les railleries étaient sorties du placard (pour ainsi dire) et avaient attiré l'attention du responsable de mon pavillon. Une convocation fut dûment envoyée et reçue, si bien qu'à quatorze heures l'après-midi suivant, durant la pause séparant la préparation militaire de l'éducation religieuse, je me traînai dans le corps de garde en brique où Clifton-Mogg avait un bureau et frappai (d'un coup franc clamant mon innocence) à la porte.

— Entrez !

L'invitation était empreinte de ce mélange parfait de bonté et d'autorité destiné à soutirer les confidences et à provoquer l'effondrement des volontés les plus tenaces. J'entrai, et il m'ignora pendant de longues minutes, autre ficelle censée prolonger l'agonie (la curiosité, l'inquiétude, la culpabilité). Sur moi, elle produisit l'effet inverse. Pendant qu'il griffonnait, mon pouls ralentit, et ma tendance à jacasser à tort et à travers se tarit. Je me transformai en Finn, inflexible, résolu.

— Avez-vous passé de bonnes vacances ? me demanda-t-il sans lever la tête.

— Oui, monsieur, très agréables.

— Majorque, n'est-ce pas ?

— Oui, monsieur.

— Un peu frais en cette saison, non ?

Comment l'aurais-je su ?

— Pas tant que ça, répondis-je prudemment. Plus chaud qu'ici, en tout cas.

M. Clifton-Mogg renifla. Mes parents s'étaient effectivement rendus en Espagne à Pâques, ils étaient ravis de leur voyage. Je l'avais appris par une lettre reçue à mon retour de chez Finn.

— Il se raconte, reprit-il d'une voix lente, une moue désapprobatrice sur ses lèvres pincées, daignant enfin me regarder, il se raconte, répéta-t-il, histoire d'enfoncer le clou, que vous avez été aperçu en ville durant les congés.

Il se raconte. Vous avez été aperçu. En dépit de ses multiples travers, Thomas Thomas avait réussi à nous imprimer dans le crâne qu'il fallait à tout prix éviter la forme passive, à l'écrit comme à l'oral. Elle dénotait une faiblesse. Celle-ci (combinée au fait que Clifton-Mogg ne m'avait pas posé de question directe) me donna suffisamment confiance pour exécuter un gambit du roi.

Je ne répondis pas.

Clifton-Mogg tourna le menton, révélant une vague maussaderie dans son profil – la trahison d'une incertitude ?

— Eh bien, se résolut-il à ajouter, avez-vous quelque chose à dire, face à ces accusations ?

Des accusations, maintenant ? Avec le sang-froid parfait du menteur pathologique, je le fixai droit dans les yeux, sans ciller.

— J'étais avec mes parents, monsieur. N'hésitez pas à les appeler pour confirmation.

Il étudia le plateau, alors que je venais d'exposer ma reine. Je jouais avec le feu, certes, mais sans courir autant de risques qu'il paraissait. Sans preuve tangible, sans confession non plus, Clifton-Mogg était coincé. Je le savais, lui aussi. Il ne pouvait décemment pas téléphoner à mes parents afin de leur demander si je les avais vraiment accompagnés en Espagne pendant les vacances ; c'eût été avouer sans fard que l'établissement n'avait pas la moindre idée de l'endroit où se trouvaient les élèves dont il avait la charge ; de surcroît, c'eût été reconnaître qu'il avait fallu autant de semaines pour prendre la mesure de l'étendue de pareille irresponsabilité.

Échec et mat.

— Très bien, soupira-t-il. Sous réserve que vos parents confirment vos affirmations, inutile de discuter plus avant le sujet.

J'étais sûr cependant qu'il ne soumettrait pas le problème à mes géniteurs. Je soutins son regard, maintins un triomphe modeste, et il détourna les yeux.

— À présent, poursuivit-il en s'éclaircissant la voix, l'air de vouloir en arriver à la vraie raison de cet entretien, dites-moi un peu comment ce trimestre se passe.

Je faillis éclater de rire.

— Très bien, monsieur, affirmai-je avant de baisser la voix et d'ajouter avec sincérité : je tiens à réussir.

Mes prunelles, dilatées par ma conviction, rencontrèrent les siennes.

— Excellent ! acquiesça-t-il en se raclant une nouvelle fois la gorge. Nous réussissons souvent là où les autres ont échoué, avec des garçons comme vous. Nous n'en sommes pas peu fiers.

Ah ! les platitudes d'une longue carrière consensuelle !

— Une nourriture saine, de bons exercices physiques et intellectuels. Ça ne loupe jamais. Merci, vous pouvez disposer.

Il consulta un grand emploi du temps posé sur son bureau.

— Vous avez éducation religieuse ? Dites au directeur que je vous ai retenu.

— Merci, monsieur, marmonnai-je en baissant la tête.

Je déguerpis d'un pas allègre, soulagé. J'avais envie de me lancer dans une danse de sauvages, au lieu de quoi je répétai mon rôle d'élève ayant hâte de retourner à ses études et affichai un masque humble.

Sous le masque, je me permis un grand sourire.

Ma victoire fut de courte durée. On m'observait, j'en étais certain. Les autorités du lycée soupçonnaient un comportement illicite et comptaient bien en apporter la preuve, déterminées à tuer dans l'œuf toute tentative d'escapade de ma part, ne serait-ce que pour une heure ou deux. La bataille était d'une subtilité et d'une efficacité exaspérantes. On ne pouvait m'interdire de quitter l'enceinte de l'établissement, puisque, techniquement, je n'avais rien fait de mal ; alors, à l'instar d'un certain nombre de mes camarades de classe, je me retrouvai volontaire obligatoire du club de théâtre, afin de préparer, soirs et week-ends, la pièce de fin d'année – *L'Importance d'être constant*[1].

---

1. Comédie d'Oscar Wilde (1895), mettant en scène deux jeunes gentilshommes, Jack Worthing et Algernon Moncrieff, ainsi que la tante de ce dernier, la redoutable Lady Bracknell.

Mon partenaire ? Reese en personne.

Tout moment de liberté fut donc consacré à convertir des pupitres en écritoires de style chippendale, à grand renfort de contreplaqué et de peinture. Nous badigeonnâmes des milliers de faux ouvrages en carton que nous agrafâmes en rang d'oignons sur des armatures en bois faisant office de bibliothèques ; nous montâmes des portes de salon sur roulettes pour les changements de décor ; nous construisîmes, à l'aide de carton et de papier mâché, un piano à queue à partir de la misérable épave désaccordée de la salle de musique. Restant à l'écart de la mêlée, je peinai durant des heures à tracer d'inutiles titres sur les dos des livres avec un minuscule pinceau et consacrai encore plus de temps à un grand portrait ancestral du grand-père d'Algernon (juste jusqu'à la pointe des moustaches d'un point de vue historique, mais abominablement caricatural).

Jouer les accessoiristes ne m'embêta pas autant que je l'avais redouté. D'une part, ça m'occupait et, de l'autre, l'approbation que nous en retirions de la part des autorités dépassait de loin les maigres efforts que cela exigeait de nous. De la pièce en elle-même, je me moquais comme d'une guigne, même si nous avions une formidable Lady Bracknell à la plantureuse poitrine, en la personne d'un garçon de terminale, James Aitken, grand blond doué pour le rugby et incapable de dissimuler son excitation à l'idée de porter des vêtements de dame. Il était nul, mais sa silhouette en robe victorienne dotait chacune de ses syllabes d'une splendeur comique involontaire qui risquait de remporter un franc succès lors de la représentation.

Je commençai par refuser de répondre aux tentatives de Reese pour bavarder ; avec le temps, je finis par céder. Finn n'était pas franchement disert et, de plus, je ne pouvais discuter avec lui du sujet qui m'intéressait principalement – lui-même. Par ailleurs, me montrer méchant envers Reese me demandait beaucoup d'efforts, dans la mesure où il semblait vraiment m'apprécier ; je me flattais de l'illusion qu'il garderait secrètes nos conversations, simplement parce que je lui avais ordonné.

Les confessions allaient toutes dans le même sens – j'ai honte d'avouer que je ne lui ai jamais posé une seule question le concernant – qui n'était pas exactement un épanchement du cœur. J'évoquai le garçon de la cabane, le décrivis comme un héros improbable, moi à l'identique, à un degré à peine moindre. Tandis que je m'adonnais au plaisir de *raconter ça à quelqu'un*, je m'entendais élaborer une fiction complexe tournant autour de nos glorieuses courses-poursuites. Dans mes histoires, nous fabriquions des frondes et des radeaux, chassions le cerf et voguions jusqu'en Hollande. Avoir ainsi exagéré ce qui était déjà à mes yeux la plus épatante histoire de ma vie me rend triste pour celui que j'étais. Mais impressionner Reese rendait la légende irrésistible et il était ce qui ressemblait le plus à l'ami que je pouvais espérer avoir à Saint-Oswald, bien que sa compagnie me fût intolérable.

Règle numéro huit : ne fais confiance à personne, surtout pas à toi-même.

Entre les répétitions et la préparation aux examens, j'étais trop fatigué pour seulement réfléchir à une façon de m'échapper. Les nuits étaient une autre histoire, cependant. Là, dans l'obscurité, rien n'empêchait mon esprit de regagner les lieux où j'étais heureux. Dans mes rêves, les mensonges m'étaient superflus. Mon imagination invoquait l'odeur de feu de bois et de sel de Finn et comblait les espaces nous séparant.

À la lumière crue du jour, je me demandais si je manquais à Finn, ou s'il était blessé que je ne fusse pas revenu le voir. Une partie de moi se réjouissait de mon rôle de prisonnier, toujours dans le vain espoir qu'il pût être une punition pour Finn également. Sans vouloir l'avouer, y compris à moi-même, je vivais dans l'attente d'un signe, d'un mot à l'écriture inconnue qui me fût adressé, d'une supplique à une rencontre.

Rien ne vint, cependant.

Je finis par ne plus pouvoir l'endurer. Un jeudi soir, face à la perspective du week-end de répétitions en costumes qui se profilait, à celle des examens dans sept matières qui menaçaient d'ici deux semaines, à celle d'une épidémie de mononucléose infectieuse qui ravageait le pensionnat, je fis la queue devant l'infirmerie afin d'obtenir un arrêt maladie, une note qui m'autoriserait à rester couché toute la journée du vendredi. Ce genre de mot n'était pas facile à gagner, l'infirmière étant capable de détecter une feinte maladie à des kilomètres à la ronde. Mais avec autant de garçons fiévreux et à la gorge irritée rassemblés à l'extérieur de la modeste infirmerie, elle n'avait guère le temps de nous examiner tous ; par ailleurs, j'avais pris la précaution de courir avant de consulter, histoire d'arriver en sueur et le visage tavelé de rougeurs. Elle regarda à peine ma gorge.

— Tenez, soupira-t-elle en griffonnant sur son calepin bleu, voici votre mot d'excuse. Rien d'autre à faire que vous aliter. Revenez lundi et, pour l'amour de Dieu, n'embrassez personne !

Elle m'adressa un petit sourire malicieux, répétant la plaisanterie qu'elle avait sans doute servie une centaine de fois cette semaine-là. Pourtant, je ne pus m'empêcher de me demander si elle avait eu vent des rumeurs.

Dents serrées, paupières mi-closes, je me hissai sur mes pieds avec difficulté et titubai jusqu'à la porte. Moi, acteur ? Ha ! En comparaison de notre minable Lady Bracknell, j'étais Laurence Olivier[1]. Dans quelques instants, on m'inviterait à venir chercher mon prix pour mon rôle du garçon à l'alibi utile sans symptômes particuliers.

Par bonheur, mes camarades de chambrée n'avaient pas encore succombé à la contagion et, le lendemain matin, blotti sous mes couvertures, gémissant un peu pour faire effet, j'attendis qu'ils partent en cours.

— Espèce de sale veinard ! gronda Gibbon, seule marque de compassion exprimée. Ça t'apprendra à embrasser des vieux.

Comme je ne répondais pas, il s'approcha et colla son nez au mien.

— Tu ne m'as pas l'air très malade, ajouta-t-il.

Je lui décochai un coup de genou dans l'entrejambe et me tournai vers le mur. Piaillant de douleur et promettant de se venger, il fut entraîné par Barrett. Reese s'attarda, ouvrant et fermant la bouche comme un poisson. À la fin, il disparut lui aussi.

À huit heures du matin, tandis que ce qu'il restait d'élèves valides transpiraient en classe, j'avais franchi les grilles de Saint-Oswald et je marchais d'un bon pas sur le sentier. Bien que j'eusse hâte de revoir Finn, je n'avais pas osé emprunter la route, et je me dépêchais, tête baissée, à l'abri de la rangée d'arbres. Le soleil réchaufferait peut-être l'air d'ici quelques

---

1. Célèbre acteur anglais (1907-1989).

heures mais, en attendant, j'avais enfoui mes mains sous mes aisselles, me serrant dans mes propres bras tant pour me réconforter que pour préserver un peu de chaleur.

Lorsque je parvins à la plage, la marée était haute. Je n'avais pas eu le temps d'étudier l'horaire, et je me mis en quête du kayak, en priant pour qu'il fût dans les dunes.

Il était bien là, soigneusement ancré au vieux winch rouillé. Par conséquent, soit Finn travaillait, soit il avait laissé le bateau ici à mon intention, des fois que j'eusse une chance de m'échapper. Si seulement cette seconde hypothèse pouvait être la bonne ! Je croisai les doigts pour qu'il fût chez lui, en train de boire du thé ou de lire, levant les yeux avec calme, dissimulant à peine son plaisir et me lançant :

— Tiens, tiens, tiens ! Il était temps !

La traversée pleine de remous fut périlleuse, mais je n'étais plus un débutant. Je parvenais plutôt bien à garder l'équilibre de l'esquif et je savais comment utiliser les courants pour me guider sur la berge opposée. Une fois rendu, je tirai le bateau jusqu'à la cahute, où je pris soin de l'attacher, retardant l'échéance des retrouvailles. Je remarquai que la mer paraissait avoir avancé, durant les quelques semaines qu'avait duré mon absence, et les vaguelettes s'écrasaient à seulement quelques mètres du cabanon.

Je n'aperçus pas Finn par les fenêtres, et il ne répondit pas aux coups que je martelais sur la porte. Je poussai celle-ci. La maison était vide, le feu se réduisait à des braises rougeoyantes, signe qu'il était parti depuis plusieurs heures. J'entrai, effleurant doucement les objets, leur rappelant ma présence, me frottant comme le chat à la vie de Finn, en revendiquant un droit de propriétaire. Ne sachant que faire, je relançai le feu, posai la bouilloire sur le vieux poêle et la contemplai en attendant que l'eau chauffe. Ce qu'elle finit par faire, en dépit du vieil adage[1].

Ma tasse de thé à la main, je sortis afin de scruter la plage, puis l'horizon, où des chalutiers traînaient dans leur sillage des volées de mouettes pareilles à des banderoles. Rien sur terre n'eût pu me convaincre que la vie d'un pêcheur était romantique, au regard du froid et du roulis incessants, de la solitude et du danger. Sans parler des exécutions. Tous ces corps argentés qui expiraient au grand air. Je réintégrai la cabane, m'assis et attendis en m'interrogeant sur la suite des événements.

Le battant s'ouvrit.

— Merci d'avoir volé mon bateau.

Il frissonnait, trempé jusqu'aux os.

— Oh mon Dieu ! Je suis désolé...

Mais derrière ses dents qui claquaient, il souriait, et j'eus l'impression qu'il était vraiment heureux de me voir. L'eau étant encore chaude, je me transformai en l'un de ces personnages de dessin animé, courant à droite et à gauche en quête d'objets, tout en jacassant comme une pie, m'excusant, évoquant *L'Importance d'être constant*, regrettant de ne pas avoir pu venir plus tôt.

Pendant ce temps, Finn ne bronchait pas, dégouttant, bizarrement passif. Son visage était rouge, et quand je lui tendis une serviette, je ne pus m'empêcher de remarquer la chaleur qui émanait de lui par vagues.

— Tu n'as pas l'air en forme, dis-je d'une voix plus joviale que soucieuse. Va te changer pendant que je te prépare un thé.

---

1. *A watched kettle never boils*, que l'on peut traduire par « Bouilloire surveillée jamais ne bouillira. »

Il acquiesça et entreprit de grimper les marches ; il se déplaçait prudemment, rendu gauche par le froid.

Quelque chose en moi me fit hésiter, mais je ne m'arrêtai pas pour y réfléchir. D'ailleurs, l'aurais-je voulu, j'ignorais comment m'inquiéter pour Finn. Il allait être content que je sois là, songeai-je en me jetant à corps perdu dans l'infusion du thé. Il allait être heureux que quelqu'un s'occupe de lui préparer une tasse, une fois n'est pas coutume.

Je fis la boisson bien noire, épaisse, puis attendis qu'il réapparaisse – je pris mon temps, étirai les minutes, ajoutai de ma propre initiative une cuillerée de sucre à cause du coup de froid, cherchai en vain un biscuit ou un morceau de gâteau, vestiges de ma dernière visite. Cette fois, je n'avais pas eu l'occasion d'apporter des provisions – j'avais même pensé (un brin provocateur, oui) qu'il devrait m'accepter pour moi-même, sans offrandes ni pots-de-vin pour l'amadouer. À présent cependant, je regrettais de n'avoir rien à donner. S'il grelottait, suite à son bain forcé, c'était ma faute, non ?

Impatient, je me dandinais d'un pied sur l'autre, femme au foyer s'étant donné bien de la peine afin de concocter un dîner pour lequel elle ne reçoit aucun compliment. Je tentai de déglutir le silence en même temps que mon thé, jetant des coups d'œil faussement décontractés en haut de l'escalier, où les choses paraissaient être devenues très calmes.

— Ne me dis pas que tu t'es endormi ! lançai-je d'une voix forte.

Pas de réponse. Fronçant les sourcils, je traversai la pièce.

— Finn ? Ton thé est prêt.

Rien.

Je n'étais jamais monté sur la mezzanine.

— Finn ?

Les trémolos de ma voix trahissaient mon anxiété – parce qu'il ne réagissait pas, parce qu'il allait peut-être falloir que j'empiète sur son sanctuaire. Je montai quelques marches.

— Finn ?

Paniqué maintenant, j'escaladai les degrés deux à deux, renversant du thé bouillant sur le sol et les murs, et je le découvris allongé sur son lit, blanc comme un linge.

— Ça va, murmura-t-il en un flagrant mensonge. C'est juste que je ne me sens pas très bien, ces derniers temps.

Même sous les couvertures, il frissonnait. Lorsqu'il avala une gorgée, il grimaça de douleur. Seigneur !

— Tiens bon ! criai-je en me ruant au rez-de-chaussée.

Doigts tremblants, j'ouvris le bouchon de la bouillotte et y versai le reste d'eau chaude, me brûlant au passage et jurant. Comme il n'y en avait pas assez, je complétai avec un fond de thé, puis repartis à l'assaut de l'escalier, refermant la bouillotte en chemin. Je dus insister pour qu'il lâche les couvertures et accepte la bouteille en caoutchouc. Dans la bataille je m'aperçus qu'il avait réussi à enfiler une chemise et un pull secs, mais que ses jambes étaient nues. Il s'était écroulé avant de pouvoir se changer entièrement. J'ouvris les tiroirs d'une petite commode en pin, jusqu'à ce que je déniche un caleçon en coton. Gêné, il résista quand je voulus l'aider à s'y glisser, et je finis par respecter sa pudeur, et le laissai s'y tortiller seul.

La dignité poussée à l'outrance, pensai-je un bref moment.

— As-tu de l'aspirine ? demandai-je ensuite.

— En bas, croassa-t-il. Dans la boîte rouge.

Je découvris la vieille trousse de survie et fouillai parmi les bandes soigneusement enroulées datant de la Seconde

Guerre mondiale, en quête d'un antalgique. La possibilité que je l'eusse contaminé lors de mon dernier séjour et qu'il fût atteint lui aussi de mononucléose infectieuse – on nous avait expliqué que l'incubation pouvait prendre des semaines – me traversa l'esprit, mais le fait était là : *Finn ne tombait pas malade.* Lui-même m'avait confié qu'il ne se souvenait pas s'être jamais senti patraque. Pourtant, *je* l'avais peut-être infecté, j'avais introduit le mal dans sa vie sous le déguisement de l'amitié, comme les colons américains avaient apporté l'alcool, le rhume et d'autres babioles fatales.

Une antique boîte à pilules était étiquetée « aspirine », et je devinai qu'elle avait appartenu à sa grand-mère ; elle devait avoir cent ans. J'en versai une poignée dans ma main et, armé d'une tasse d'eau froide, je remontai à l'étage.

En voyant les cachets, Finn secoua la tête et referma les paupières. J'allai donc chercher une cuiller, je réduisis l'aspirine en poudre et je la mélangeai à l'eau jusqu'à dissolution. Je plaçai ensuite la tasse dans sa main, ferme comme une nounou edwardienne. Il réussit à avaler un peu de l'horrible mélange, sans cesser de grimacer. Nouveau voyage au rez-de-chaussée, et je revins avec les couvertures de ma couchette dont je le couvris avant de le laisser là, yeux clos, respirant calmement.

Et maintenant ? Il m'était difficile de retourner au pensionnat et de l'oublier. Qu'en était-il aussi des provisions ? Me donnant mentalement des claques pour ne rien avoir apporté, j'envisageai de faire un saut en ville, de revenir ici, de regagner Saint-Oswald, le tout sans être renvoyé. Je dénichai un reste de porridge vieux de plusieurs jours dans une casserole. J'y ajoutai de l'eau, du sucre, du beurre, je réchauffai le tout et le mélangeai jusqu'à obtenir un gruau insipide. Puis, je n'eus plus rien d'autre à faire, sinon entretenir le feu et m'effondrer, incapable de contrôler plus longtemps les tremblements de mes membres, dus à la fatigue, au stress, à l'impression glacée que produisait sur moi une responsabilité dont je ne voulais pas.

22

Finn ne cessa de dormir. Le soir s'annonça, et mon angoisse du temps qui passait frôla la panique pure. Ne supportant plus d'attendre encore, je le réveillai. À mon intense soulagement, il parut aller mieux.

— Tu te sens capable d'avaler quelque chose ? m'enquis-je. Mais oui, bien sûr ! ajoutai-je d'une voix enjouée et autoritaire, face à sa grimace. Tiens, c'est bon.

Je dus presque forcer le porridge sucré dans sa bouche, en renversant sur les draps et sur son cou, et je crois qu'il ne mangea que parce qu'il ne voulait pas nager dans une mare de cette cochonnerie, une fois que je serais parti.

— Écoute, Finn, il faut que je retourne au lycée. Mais je viendrai dimanche, avec de la nourriture et de l'aspirine. En attendant, je crois qu'il serait mieux que tu t'installes en bas, près du feu. Comme ça, tu auras tout sous la main si tu as besoin de quelque chose.

Il hocha la tête, et je l'aidai à se lever et à descendre l'escalier. Ce fut maladroit. Nous oscillions d'avant en arrière, pareils à Laurel et Hardy, et je ne pus m'empêcher de me demander s'il se serait mieux débrouillé, s'il avait été à ma place, et moi à la sienne. Il s'assit sur une chaise pendant que je défaisais son lit et que je lui préparais la couchette de l'alcôve. En dépit de la belle journée, j'avais froid, à force d'être resté inactif, à force de peur.

J'empilai les couvertures, étalant un torchon propre en guise de taie d'oreiller, comme l'infirmière l'avait fait pour moi, un jour où j'avais transpiré de fièvre. J'allai jusqu'à le border. Malgré son état, il sembla amusé par ce renversement des rôles, même si je ne pense pas qu'il aurait eu la force de s'opposer à mes soins. Je plaçai le bol contenant le reste de porridge tiède sur l'étagère, remplit un verre d'eau froide et consultai ma montre.

— O.K., lançai-je sur un ton décidé, efficace, une vraie Florence Nightingale[1]. Autre chose ?

— Un plat, ou..., marmonna-t-il, embarrassé.

Mais oui, bien sûr ! Il n'allait tout de même pas crapahuter dans le froid pour se rendre aux toilettes. Je posai donc le seau près du lit.

— Voilà qui devrait te permettre de tenir un moment.

Il ne sourit pas.

Le poêle rechargé, le patient emmailloté et nourri, je n'avais plus d'excuse pour m'attarder. Le danger que Clifton-

---

[1]. Célèbre infirmière anglaise (1820-1910) qui réforma l'administration des soins (aux armées, notamment, pendant la guerre de Crimée) et prépara le terrain au métier d'infirmière tel qu'on le connaît aujourd'hui.

Mogg me vouât à la damnation éternelle augmentait au fur et à mesure que le soleil descendait sur l'horizon. Je dis au revoir en promettant de revenir. Les yeux fermés, Finn parut ne pas m'avoir entendu.

La marée était basse, pas assez cependant pour traverser sans le kayak. J'hésitai, soupesant les différents malheurs qui me guettaient dans mon nouveau rôle de héros (noyade, engelures, exposition aux éléments et à mes enseignants), puis je décidai d'opter pour la sécurité en prenant le bateau. J'étais déjà très en retard, mais ça valait mieux que nager tout seul dans le noir.

L'adrénaline me rendit étonnamment fort et agile, et le voyage se déroula sans incident et en un temps record. Aux grilles de la pension, je tombai sur le professeur de musique, qui s'en revenait de la ville, un paquet sous le bras et, comme d'ordinaire, une chanson sur les lèvres. Il eût pu ne pas me remarquer (tant son esprit était détaché de la réalité), si je ne lui avais pas adressé mon salut le plus faussement cordial. Surpris et menaçant, il se hérissa comme un coq en colère.

— Il n'est pas un peu tard pour traîner dehors ? me lança-t-il.

Le ton de sa question m'apprit qu'il n'avait pas la moindre idée de la réponse attendue.

— Permission de sortie, monsieur ! dis-je en tirant le mot de l'infirmière que j'agitai vaguement dans sa direction, tout en fronçant les sourcils, l'air anxieux. Ma classe l'a eue tout le trimestre.

Respect, assaisonné d'une touche de pharisaïsme.

— Ah oui, bien sûr, marmonna-t-il avant de disparaître dans l'obscurité, pressé de se libérer de toute chose susceptible de lui rappeler qu'il devait enseigner pour vivre.

Mes camarades de chambrée ne s'en laissèrent pas conter aussi facilement.

Barrett attaqua le premier. Se jetant par-dessus la paroi de séparation, il me contempla en feignant d'être scandalisé.

— Doux Jésus ! Tu t'es tiré *toute la journée* ? Tu es cuit. À combien exactement estimes-tu mon silence ?

Mais Barrett n'était pas assez vil pour me moucharder et, de toute façon, la morale n'était pas sa tasse de thé – l'extorsion, si. L'instant d'après, il profitait de son ersatz préféré, exhalant lentement, pensivement, remplissant de fumée la pièce minuscule. Par bonheur, Gibbon était absent. De l'autre côté de la salle, Reese me fixait avec son air obséquieux de celui qui sait. Quand je croisai son regard, il alla jusqu'à me gratifier d'un clin d'œil. Je faillis vomir.

— Nom d'un chien, Barrett ! s'exclama Gibbon en déboulant.

Je soupirai avec lassitude, prêt à la bataille.

— Au moins, ouvre cette fichue fenêtre avant qu'on meure étouffés !

L'interpellé répondit en soufflant un nuage de fumée au visage de Gibbon, lequel rugit et ramassant le premier objet qui lui tombait sous la main le balança à la tête de son adversaire. La chaussure de Reese mit dans le mille, en plein sur la tempe gauche de Barrett. S'ensuivit une rixe enflammée, qui s'acheva sur l'exil de Gibbon dans le couloir, derrière la porte barricadée. Pour une fois, les dieux étaient avec moi.

Je me glissai dans mon lit, enfouit ma tête sous mon oreiller et m'effaçai du présent. Une tâche m'attendait dimanche, et je ne savais pas du tout comment j'allais l'accomplir.

23

Vous aurez remarqué que, jusqu'alors, je ne m'étais guère arrêté à la maladie de Finn. Quelque chose en moi refusait d'admettre qu'elle fût sérieuse, était même certain que, quand je débarquerai à l'instar de la cavalerie américaine, Finn serait debout en train de vaquer à ses affaires et, furibond, me demanderait pourquoi je m'étais donné la peine de venir. J'étais à ce point assuré de nos rôles respectifs.

Je subis la répétition en costumes du samedi, distrait et nerveux. L'obligation de chapelle le matin suivant fut strictement respectée, et quand bien même je n'aurais pas manqué à mon responsable de pavillon, Reese était là, qui me surveillait comme un faucon.

Quel héros j'étais ! La messe d'abord, la vie et la mort ensuite. Quelques robustes vers de *And Did Those Feet in*

Ancient Times[1], suivis de *He Who Would Valiant Be*[2], quoique dans mon cas, peut-être, pas si courageux que cela. Ayant calculé rapidement le temps que prendrait un crochet par la ville (des siècles), et réfléchi aux magasins qui seraient ouverts (aucun), je décidai d'opérer une razzia dans les cuisines (solution plus facile). La pratique était courante ; il suffisait de bien gérer le timing en faisant concorder le pillage avec le petit déjeuner du cuisinier, d'agir vite et sans crainte. En attendant, je fourrai quelques objets vitaux dans mon cartable (cinq flacons de cachets), pour une fois content que Reese fût le plus grand hypocondriaque de notre étage. Je ne m'embarrassai pas de savoir à quoi étaient destinés ces médicaments, je verrais cela plus tard. J'empaquetai également une paire de grosses chaussettes et un étui de bouillotte en laine tricoté par la mère de Barrett.

La porte des poubelles de la cuisine n'était jamais fermée à clé, et l'opération prenait un peu l'allure du pillage d'une crèche d'église. Regarder à gauche, regarder à droite, entrer. La pièce était déserte, si ce n'est pour le Jeune Sammy qui souffrait de ce que l'on nomme aujourd'hui des « difficultés d'apprentissage », ce que nous autres, élèves, désignions sous l'appellation « une case en moins ». Il coupait des oignons dans un coin, l'air heureux en dépit des larmes qui roulaient sur ses joues. J'agitai la main, il agita la sienne en retour. Sur le plan de travail en pierre, un tas de morceaux de porc gras attendait d'être massacré par excès de cuisson. Je m'emparai de deux tranches assez consistantes pour servir à deux ou trois

---

1. Poème de William Blake (1757-1827) mis en musique par C. Hubert Parry en 1916 pour devenir le très populaire hymne *Jérusalem*, aux paroles martiales sur la construction d'une Angleterre paradisiaque (une nouvelle Jérusalem).
2. Hymne de John Bunyan (1628-1688) prônant le courage du vrai croyant.

repas au moins et les enfonçai elles aussi dans mon cartable. Rien de tel que des livres empestant le sang. L'étape suivante fut le garde-manger où un gâteau de Savoie m'adressa un clin d'œil. J'en pris un, puis un deuxième, qui s'écrasèrent quand je les envoyai rejoindre la viande.

Des pas. Me glissant sous la table, je me pliai derrière deux cageots de légumes en attendant que le bruit s'estompe, si impudent que, au lieu de frémir de frayeur, je continuai mon marché, flanquant des patates dans mon sac, en silence bien sûr, tout en regardant les jambes du cuisinier, Billy, depuis ma cachette. Les soirs étaient plus propices à ces raids, car il était presque constamment ivre et se fichait bien de ses précieuses piles de provisions, mais je comptais sur la baisse de ses facultés auditives, suite à cinq décennies passées à hurler après le Jeune Sammy, lequel devait friser la soixantaine à présent. Billy alluma une cigarette, jeta l'allumette par terre, quasiment à mes pieds, et quitta la cuisine en égrenant son éternel chapelet de rancœurs. L'allumette continua de brûler, tandis que je patientais, au cas où il changerait d'avis, en songeant, par exemple, qu'il risquait d'incendier tout l'édifice, ce qui était somme toute peu probable. Puis je m'extirpai de sous ma planque, écrasant la petite flamme sous ma chaussure. À regret, je l'avoue. Quel élève n'a jamais rêvé d'un beau feu ?

Quoi d'autre ? Une poignée de morceaux de sucre blanc et dur volés dans le stock réservé à la table des professeurs. *Du sucre, du gâteau, du sang et du porc. C'est ce dont sont faits les petits garçons.* Jolie parodie de la comptine, non ?

Nom d'une pipe ! Le pain ! Il ne serait livré que le lundi matin, mais la panière contenait encore quelques petites miches.

Mon cartable en bandoulière sur ma poitrine, je dis au

revoir à Sammy et me sauvai. J'aurais voulu avoir un passe-montagne et des gants de cuir noir. Mon rôle d'espion me plaisait plutôt bien. Comme à n'importe quel garçon, j'imagine.

J'en oubliai presque la raison de ma mission.

24

Finn allait un peu mieux. J'arrivai en priant pour qu'il ait recouvré la santé, en priant pour qu'il montre des signes d'amélioration, en priant pour que sa fièvre soit tombée. Cela se passait tout le temps comme ça, dans les vieux films – le malade en sueur et pâle, l'épouse angoissée, plan de coupe sur le ciel nocturne, les nuages se dissipent, le soleil se lève, les yeux du patient s'ouvrent, et une voix larmoyante murmure : « Il est sauvé ! »

Dans mon documentaire médiocre, le malade gisait dans son lit, en sueur et pâle, s'agitant comme si cela permettait d'apaiser ses souffrances.

— Comment vas-tu ? demandai-je inutilement.

— Bien, répondit-il d'une voix rauque.

— Tu as une sale tête. Tu te rappelles, je t'ai parlé de l'épidémie de mononucléose infectieuse, à la pension ? Je crois que tu l'as attrapée.

J'évitai de préciser que, si tel était le cas, c'était moi qui l'avais contaminé. Il était assez intelligent pour avoir eu le même raisonnement. Il me jeta un coup d'œil terne et désigna le verre que j'avais laissé près de lui. Il était vide. Le seau avait servi. Pas de manière très adroite, d'ailleurs. L'odeur d'urine m'avait assailli les narines dès mon entrée dans la cabane ; il y en avait par terre.

Une suite ordonnée de corvées apporte bien du réconfort. Feu. Eau. Nourriture. Médicaments. Je me consacrai entièrement à toutes ces étapes, comme si chacune d'elles avait constitué le début et la fin de mes responsabilités sur terre.

Il faisait frais et beau dehors, la pièce était pleine de rayons de soleil qui tranchaient sur la morosité de mes obligations. Je relançai le poêle, aidai Finn à se redresser en plaçant une couverture roulée dans son dos et tins le verre d'eau pendant qu'il le sirotait à petits coups prudents.

Adoptant le ton artificiellement enjoué d'une jeune fille de bonne famille idiote dont j'étais sûr qu'il ne se rencontrait plus que dans des comédies de série B, j'entrepris de déballer mon butin, lançant de temps à autre un « Regarde un peu ce que nous avons là ! » avec ce que je croyais être un entrain de bon aloi. Mais Finn gardait les paupières fermées et, après plusieurs moments embarrassants, j'emportai mon numéro de cirque dans la cuisine, où je m'affairai hors de sa vue. Je mis l'eau à chauffer pour le thé tout en me demandant que faire du porc que j'avais volé.

Pour moi, Finn ne pouvait être qu'affamé. Il n'avait sans doute rien mangé de solide depuis des jours. Je l'observai se forcer à boire, épaules courbées et tendues. Au bout de quelques gorgées, il secoua la tête et repoussa le verre. Je ne parvins à l'intéresser qu'aux cachets de Reese, lisant les noms compliqués et les indications avec curiosité : *Diarrhée. Constipation. Ballonnements. Trois fois par jour, après les repas. Une prise par nuit en cas de besoin.* Je brandis un flacon à l'air particulièrement prometteur sous son nez pour qu'il en déchiffre l'étiquette : *Deux fois par jour en cas de douleurs (risques de somnolence).* Les pilules étaient petites, et j'arrivai à lui en faire ingurgiter deux à la suite, pour plus d'efficacité. Ça ne loupa pas et, vingt minutes plus tard, il dormait, une expression presque angélique sur le visage.

Si je n'avais pas vraiment d'idée quant à la bonne façon de cuire la viande, je savais vaguement comment préparer un bouillon. Ma priorité fut donc de couvrir les tranches d'eau et de les mettre à bouillir. Cela prit beaucoup de temps, et une mousse grisâtre à l'odeur répugnante se forma à la surface, que je tentai d'écumer à l'aide d'une cuiller. Je posai deux petits pains sur le poêle, plaçai les gâteaux en miettes sur une assiette et essayai de rincer le sucre taché de sang.

Les choses plus ou moins sous contrôle, je m'assis près de Finn et le regardai dormir. Ses traits semblaient encore plus délicats que d'ordinaire, ses paupières violettes et presque translucides. Il avait de longs cils de fille, et je ne pus m'empêcher de me demander comment il s'en serait sorti s'il avait dû mener mon genre d'existence. Avec sa beauté, ses dons athlétiques et sa réserve naturelle, il aurait sans doute réussi sans le vouloir à finir au sommet de la pyramide sociale en vigueur à Saint-Oswald, et ce, bien qu'il fût dépourvu de la ruse mondaine nécessaire. J'ignore pourquoi cette idée me contraria.

Au bout d'une heure, le bouillon commença à sentir moins

mauvais. Sans l'ôter du feu, je le salai. Ensuite, j'en versai un peu dans une tasse, je pris un des petits pains en partie brûlé et j'apportai le tout à Finn. Il était à moitié réveillé mais, comme il ne semblait pas enclin à manger, je l'embêtai à force de plaisanteries, jusqu'à ce qu'il cède, sans doute pour avoir la paix. Eau, feu, nourriture. La soupe était grasse, des morceaux de viande y flottaient, un véritable repas anglo-saxon. Finn but lentement, refusa le pain d'un mouvement de tête. Du coup je l'émiettai dans le bouillon où, humide et mou, il passa mieux. Mon patient ne tarda pas à s'ensommeiller de nouveau. Il repoussa la tasse et s'endormit.

J'ouvris une fenêtre pour aérer la pièce, un vrai luxe après un long hiver de confinement et de frissons. Les senteurs marines adoucirent l'atmosphère du cabanon et me rendirent optimiste. Je ne pouvais pas grand-chose de plus contre la puanteur de l'urine.

Finn se réveilla en début d'après-midi, la gorge sèche, douloureuse.

— C'est l'heure de tes médicaments, chantonnai-je comme un idiot.

Lorsque je m'approchai, il se détourna. J'insistai doucement.

— Allons, ça va t'aider, sois gentil.

Pour toute réponse, il tendit le bras et expédia la tasse à l'autre bout de la salle, manquant de peu la fenêtre. La porcelaine s'écrasa contre le cadre en bois avec une détonation de coup de feu. Toute la tension accumulée en moi depuis des jours explosa.

— Qu'est-ce que tu *fous* ? hurlai-je. Tu crois que ça m'amuse, d'être ici ?

— Alors va-t'en ! Personne ne t'a demandé de venir !

Sa voix était un croassement furibond ; crier avait dû lui faire mal. L'espace d'un instant, juste avant qu'il ne détourne une nouvelle fois la tête, j'entreperçus l'expression de frayeur qui imprégnait ses traits.

J'épongeai la soupe renversée, balayai les débris de tasse, en remplis une autre, achevant mes corvées en silence, incarnation du reproche plein de dignité. Il pouvait bien me traiter ainsi, je ne renoncerais pas. En même temps, je ne me sentis aucune obligation de m'humilier en lui disant quand je reviendrais. C'était cruel de ma part, mais j'en éprouvai une satisfaction particulière. Pendant un moment très bref de notre histoire, je me rendis compte que j'étais plus important pour lui que lui pour moi.

La marée était haute, et la mer battait les fondations de la cabane. Je pensai aux civilisations antiques englouties ou entassées en couches irrégulières sous la maison, aux vies depuis longtemps oubliées de pêcheurs, de tisserands, de fermiers. La place de Finn dans le monde était tellement flottante qu'il aurait pu appartenir à n'importe laquelle de ces cultures, à n'importe quel siècle ayant conduit à celui-ci. Il me suffisait de fermer les yeux un instant pour imaginer qu'il était venu ici à travers une faille de l'univers et que, durant mon absence, il retournerait (sans bruit, avec élégance) à sa hutte en torchis et reprendrait sans peine son rôle dans un monde plus ancien et sauvage. C'était ce qui lui conviendrait le mieux. Il n'était pas de l'époque de Disney, des voitures et de l'éducation obligatoire.

Je partis sans lui avoir adressé la parole.

25

Le lundi, jour de la première de notre pièce, le temps était radieux. Les lycéens émergèrent des profondeurs de leurs manteaux, telles des tortues, d'abord nus, pâles et quelque peu ahuris, puis sautant, courant, aiguillonnés par l'incomparable plaisir de sentir le soleil sur leur peau.

J'eus cours toute la journée, plus un entraînement sportif de dernière minute, juste avant le dîner. La pièce, qui commença à dix-neuf heures, fut un succès, malgré un certain nombre de catastrophes du côté des accessoires : mon portrait se décrocha du mur pendant l'acte III, et la poitrine pigeonnante de Lady Bracknell s'échappa de son harnais à la fin, obligeant le malheureux Aitken à déclamer ses derniers vers les mains sur ses seins. Bien que l'attitude fût fort peu convenable pour une dame, Aitken, encouragé par les premiers rangs, fit rebondir ses appâts de caoutchouc avec une telle vigueur que le public et les acteurs avaient cédé à une joyeuse anarchie lorsque le rideau tomba.

Des représentations étant programmées durant toute la semaine, de même qu'une dissertation d'histoire, il me fut impossible de m'échapper avant le mercredi, en fin d'après-midi, ce qui m'obligea d'ailleurs à manquer un rendez-vous avec le responsable de mon pavillon. Je n'avais d'autre choix que d'aller voir Finn puis de raconter à ce bon vieux Clifton-Mogg que j'étais tombé malade, que j'avais oublié notre entretien, que l'Angleterre médiévale m'avait tellement captivé que les heures avaient passé sans que je m'en rendisse compte.

J'avais volé de la nourriture pendant les repas afin d'éviter un nouveau pillage en bonne et due forme des cuisines, finissant par remplir mon cartable de pommes, d'oranges, de petits pains rassis, de beurre, d'un demi-gâteau au gingembre, de quatre saucisses grasses et d'une poignée de sachets de thé. Je m'attendais presque à ce qu'une meute de rats me suivît partout où j'allais.

Cette fin de journée étincelait sous le soleil et, pour la première fois, je remarquai que les haies d'aubépine étaient en fleur. L'odeur puissante de l'air marin et de la terre emplissait mes narines et, percevant un froufrou d'ailes puissantes, je levai la tête à temps pour voir trois gigantesques cygnes blancs qui s'envolaient. En d'autres circonstances, ce spectacle m'aurait réjoui.

Finn n'avait pas bougé de l'endroit où je l'avais laissé soixante-douze heures plus tôt. Les lambeaux d'optimisme que j'avais réussi à préserver se transformèrent en peur lorsque, poussant la porte, l'odeur m'assaillit. Je l'appelai, il ne répondit pas. Seigneur ! Et s'il était mort ? Comme il n'y avait personne à qui demander de l'aide, je m'approchai du lit en essayant de respirer par la bouche. Je m'accroupis, il battit des paupières.

— Tu m'as presque flanqué la frousse, dis-je avec un sourire encourageant.

Je posai ma main sur son front (chaud), puis allai relancer le poêle. Les nuits étaient humides et venteuses ; malgré les journées ensoleillées, la cabane baignait dans une fraîcheur désagréable, sans feu. Une fois les flammes reparties, je sortis deux antalgiques de leur flacon, pensant les dissoudre dans le bouillon. Malheureusement, une épaisse couche de graisse jaunâtre en recouvrait la surface, et j'optai pour un verre d'eau à la place. Finn n'avait toujours pas prononcé un mot ; je me consolai en me répétant que, si la mononucléose infectieuse rendait très malade ses victimes, elle n'était pas mortelle, même non soignée.

Quant à l'odeur, je m'en voulus de ne pas avoir songé à prendre un des bassins en émail bleu et blanc qui s'entassaient à l'infirmerie. De toute façon, il était trop tard.

Je revins vers la couche et soulevai un coin de couverture. Mon estomac se tordit, et je sentis la bile remonter dans ma gorge. J'eus une seconde pour m'apercevoir que les draps étaient trempés et souillés avant que Finn me frappe la main avec le peu de forces qui lui restaient. Émettant un son rassurant, je me tournai vers lui. Il refusa de croiser mon regard. Peut-être par gêne.

— Ce n'est pas grave, murmurai-je. Tu n'auras qu'à prendre un bain quand l'eau aura chauffé.

Il avait dû être atroce pour lui de rester allongé dans un lit plein de pisse et de merde ; pour autant, il n'était pas question que je le touche avant que le poêle n'ait fait son œuvre. Je tuai le temps en allant chercher du charbon dans le coffre où il était stocké et du bois dans le tas de bûches, derrière la cabane. Le chat me suivit en miaulant jusqu'à ce que je le nourrisse de petits bouts de gras de porc. C'était ça ou rien, pensai-je, en souvenir de vieilles rancunes.

La soupe ayant fini par tiédir, Finn parvint à avaler presque toute sa tasse. Le laissant se débrouiller, je remplis à l'aide de casseroles la bassine qui lui servait de baignoire. L'entreprise vida quasiment toutes les réserves d'eau, et il fallut des heures pour obtenir une température acceptable. Mes bras étaient douloureux. Nous ne parlions pas, son mal de gorge constituant une excuse bien pratique.

Je trouvai un morceau de savon près de l'évier et l'agitai dans l'eau jusqu'à ce qu'elle se couvre de bulles.

— O.K., lâchai-je, allons-y.

Il secoua le menton. Qu'il était têtu !

— Voyons, Finn, je n'ai pas toute la journée, et il faut que je refasse ton lit.

Dans un croassement, il réclama une chaise, et j'obtempérai en soupirant avant de m'éloigner. Quelqu'un ayant vécu seul aussi longtemps devait être pudique, et j'avais déjà remarqué qu'il ne se déshabillait jamais devant moi. Ayant été obligé de me dévêtir toute ma vie en présence d'autres garçons, j'étais complètement immunisé contre ce genre de délicatesses. Haussant les épaules, je regagnai la cuisine, l'abandonnant pendant une dizaine de minutes, jusqu'à ce que le bruit des éclaboussures cesse.

— Tout se passe bien ? lançai-je.

Il acquiesça.

— Je t'apporte une serviette.

L'eau était pleine de savon et avait pris une couleur horrible. Bien que doutant qu'on pût être vraiment propre de cette manière, je songeai que c'était quand même une amélioration. À l'étage, je dénichai un pantalon en coton, une vieille chemise douce, un pull-over en laine et de grosses chaussettes. Sans le regarder, je les plaçai sur la chaise et lui tendis la serviette.

— Ça va aller, me chuchota-t-il en s'en emparant.

Il s'enveloppa dedans cependant que je lui tournais le dos, et il enfila la chemise. Je m'étais attaqué au lit.

— Je m'en occupe, marmonna-t-il.

Il voulut m'écarter, tituba légèrement.

— Oh ! grognai-je. Pour l'amour de la fichue Sainte Vierge mère du fichu Christ, il n'y a rien de mal à ce que je t'aide.

Fouillant dans le tiroir placé sous le lit, je cherchai des draps propres. J'en trouvai une pile soigneusement pliée, sentant la fumée de bois, ceux de sa grand-mère sans doute, inutilisés depuis des années.

Je fis un baluchon de sa couche que je lançai par terre, reculant le moment où je devrais séparer le souillé de l'intact. Mon Dieu que tout cela empestait ! Finn termina de s'habiller pendant que je regardais ailleurs et, quand je pivotai sur mes talons pour voir le résultat, je dus admettre qu'il avait meilleure mine. Les cachets avaient fait tomber la fièvre et, bien qu'il se fût baigné dans sa propre crasse, il avait le visage d'un rose plus sain, l'air propre.

Je retournai le matelas étroit du côté sec, j'y étalai des serviettes et je terminai par un drap blanc immaculé de sa grand-mère que je bordai aux quatre coins. Le résultat était bosselé mais pratique, et mieux valait se garder de futurs accidents. Finn paraissait avoir dépensé ses dernières forces à se laver. Soutenu par moi, il s'effondra sur le lit. Je plaçai un second drap sur lui et le couvris de toutes les couvertures épargnées que je dégotais. Ensuite, je m'attaquai au tas puant sur le plancher. Certaines autres couvertures devaient être utilisables, sinon entièrement nettes. Dépliant le baluchon, je commençai à trier.

La dernière chose que je m'attendais à trouver fut ce que je trouvai. De la pisse, oui. De la merde, oui. Mais du sang ? Du sang partout ?

— Nom de Dieu ! Nom de Dieu, Finn ! Qu'est-ce que c'est que ça ?

Il ne répondit pas, se borna à fuir mon regard, les yeux pleins de larmes, ses cernes mauves et pareils à des hématomes, le visage d'une pâleur mortelle.

— Bon Dieu de bois, Finn !

Je réfléchissais à toute vitesse. J'étais désemparé devant ce sang. Il y en avait tant. Finn craqua, ses épaules se mirent à s'agiter.

— Va-t'en, murmura-t-il avant de hurler, la voix déformée par la douleur : Va-t'en !

— Ne t'en fais pas, ne t'en fais *surtout* pas.

Je gérais la situation.

— Je vais aller chercher de l'aide.

Je ne m'attardai pas pour observer sa réaction.

Règle numéro neuf : *ne te retourne pas.*

26

Même à Saint-Oswald, ce foyer de médiocrité culturelle, tous les élèves savaient que la Renaissance était un sommet de l'histoire. Ç'avait été l'époque des inventions, de la piété et des bons gouvernements ; celle de l'écriture, de la peinture, de la médecine, d'un rayonnement intellectuel magnifique. Des génies en pagaille : Léonard, Machiavel, Galilée, Michel-Ange, Shakespeare, Cervantès, Raphaël, Gutenberg.

Il n'y avait pas de discussion possible. La Renaissance était formidable.

Dans nos cours cependant, le Moyen Âge battait la Renaissance à plate couture. La chapelle Sixtine, l'imprimerie ou l'avènement de la perspective en peinture nous étaient indifférents. Nous nous moquions du premier roman moderne, des débuts de l'anatomie, de l'invention du microscope ou de la découverte que la Terre tournait autour du Soleil. Le renouveau du monde classique ne nous disait rien parce que, comme la plupart des garçons, nous étions beaucoup plus intéressés par le sang que par l'art ou la culture. Nous avions soif de décapitations, d'éviscérations et d'écartèlements brutaux, de nez, d'oreilles et de lèvres supérieures amputés pour des crimes mineurs, de marquages au fer rouge. Nous avions envie d'en apprendre plus sur les voleurs bouillis jusqu'à ce que mort s'ensuive, d'assassins au bûcher, d'yeux arrachés et de langues percées de clous ou tranchées ras. Nous n'étions jamais rassasiés de viols, de rapines, de torture, de souffrance, de plaies, de fouet et d'épidémies ravageuses et puantes.

Puis il y eut Finn, et ma première leçon sur la différence entre émoustillant et terrifiant, entre le sang historique et son équivalent contemporain.

Confronté à la réalité, vraies merde, pisse et maladie, je fis ce que ne font pas les héros. Je fuis. Je désirai alors plus que tout au monde mon petit lit bien protecteur dans ma chambre confinée, les murs épais et les attitudes tout aussi épaisses, les tâches dénuées de sens et les règlements triviaux, la nourriture exécrable et les valeurs d'un autre âge, tout ce dont j'avais besoin et que je méprisais.

Non que Saint-Oswald offrît le réconfort. Oh que non ! Il offrait la certitude. Un refuge en forme de conformité. La délivrance du danger *extérieur*, un danger que je n'aurais su définir, décliner, conjuguer, calculer.

Pendant quelques secondes, je la tins, la signification de cet endroit.

Mais elle ne put me délivrer du sang.

J'avais mal à la tête. Que devais-je faire ? Aux yeux du monde, Finn n'existait pas. Il n'avait pas de famille, pas de dossier médical, pas de numéro de sécurité sociale. Comment envoyer une ambulance à la cabane, au secours d'un garçon de seize ans qui n'existait pas, sans courir le risque qu'on posât des questions ? Je pouvais peut-être supplier l'infirmière de la pension de m'accompagner là-bas. Malheureusement, j'avais beau déplacer mentalement les figurants, je ne parvenais pas à imaginer un scénario possible.

J'arrivai haletant et paniqué au lycée. Lorsque je franchis la grille, une silhouette émergea furtivement de derrière une haie, silencieuse, molle, courbée, se tordant les mains. Même s'il me fut difficile de discerner ses traits dans l'obscurité, je reconnus sans peine la posture.

— Qu'est-ce que tu veux ?

Je l'attrapai par le devant de sa chemise et l'attirai à moi, afin de distinguer son expression. Ses yeux étaient arrondis, rouges d'avoir pleuré, et des traces de crasse, de larmes et de sang maculaient ses joues.

— Ne... tu ne peux pas... ne rentre pas, ils te... ils te...

— Ils *quoi* ?

— J'ai été obligé de leur dire, gémit-il. Ils m'ont menacé, et...

— Leur dire *quoi* ?

— Gibbon et, et...

— *Leur dire quoi ?* hurlai-je à son oreille.

Il grimaça.

— À propos de t-t-toi et de, de, de...

Je le jetai au sol et lui décochai un coup de pied dans les côtes, mais moins violent que j'aurais dû. Puis, délaissant son corps sanglotant, je partis à toutes jambes. La nouvelle n'avait pas particulièrement gâché ma journée. Ainsi, ils étaient au courant. Je serais exclu, ce qui, vu les circonstances, me semblait d'une importance mineure.

J'aperçus des torches, à présent, qui patrouillaient dans l'enceinte du pensionnat. Pas franchement une menace pour un élève en vêtements sombres dans la nuit noire. Une fois à la cabine téléphonique du lycée, remerciant les vandales qui avaient brisé l'ampoule, je composai le numéro des services d'urgence. Je donnai un faux nom. Je leur expliquai qu'un garçon malade était en train de se vider de son sang, leur indiquai les lieux. Je leur jurai qu'il ne s'agissait pas d'une plaisanterie, les renseignai sur la route à suivre. Je précisai qu'ils auraient besoin d'un bateau.

— Merci de rester en ligne pendant que nous répétons, répondit une voix à la neutralité sinistre.

Sauf que j'avais déjà assez d'ennuis comme ça, et qu'ils avaient eu tout le temps de noter le message.

— Il faut que j'y aille.

— Désolé, mais nous ne pouvons aider votre ami, à moins que vous nous fournissiez votre...

Je raccrochai.

Puis je tournai les talons et m'éloignai, calmement, certain que quelqu'un d'autre ferait ce qui s'imposait. J'avais accompli plus que ma part, j'avais pris assez de responsabilités concernant la sauvegarde et la destruction de cette vie-là.

Si le pouvoir m'avait intéressé, cette idée m'aurait bien sûr séduit.

27

Mes deux échappatoires avaient été fermées. Je ne pouvais ni regagner ma chambre ni retourner à la cabane. Évitant les patrouilles, je me glissai dans le gymnase par une porte latérale et passai la nuit caché au fond du placard contenant les équipements. Les durs tapis de sol bruns constituèrent un matelas acceptable, mon manteau servit de couverture. Mais des rêves tourmentèrent mon esprit et m'empêchèrent de dormir. À l'aube, je m'enfonçai dans les bois plantés à l'arrière des terrains de sport avant d'emprunter le sentier herbu qui faisait un long détour pour rejoindre la côte, au niveau de l'île de Finn. Je m'approchai prudemment, mis en garde par les avertissements de Reese – je me demandai quelle forme avait revêtue sa confession. Je n'avais pas la moindre idée de ce qui m'attendait.

Sur la plage, le silence régnait. Il me faudrait attendre

une heure avant de pouvoir traverser. Je m'assis donc sur le sable froid, dans une dépression entourée d'herbes marines, enfonçai mes bras dans mon manteau, enroulai mon visage dans le foulard de mon uniforme et patientai.

Réveillé par un bruit tout proche, j'ouvris les paupières. Telle une vision cauchemardesque, le monde était caché par le visage boutonneux et apeuré de Reese. Il s'agenouilla, aux aguets, prêt à déguerpir si je menaçai de le frapper de nouveau.

— Qu'est-ce que tu fiches ici ?

Il ne répondit pas.

— Va-t'en ! Tu m'entends ? File !

D'une main, j'attrapai ses cheveux, et de l'autre sa gorge. Il tomba en arrière, surpris et effrayé, haletant, en larmes.

— Je ne peux pas retourner là-bas, sanglota-t-il. Gibbon dit...

— Qu'il aille se faire foutre !

Je ne criais même pas. J'étais désolé pour Reese, mais mon cerveau encombré n'avait pas de place pour lui en cet instant, et n'en aurait sans doute jamais. Il s'éloigna d'une quinzaine de pas, sans partir toutefois. Je songeai que si j'avais une pierre ou une poignée de gravier, je les lui jetterais à la figure. Au lieu de quoi, je refermais les yeux en priant pour qu'il s'en aille.

Lorsque je les rouvris, l'univers était vide, le ciel lourd et gris, la mer artificiellement calme. Quelque chose bougea, qui se révéla n'être rien d'autre que des roseaux frissonnants. Dans une vingtaine de minutes, le gué émergerait, mais je savais déjà que la cabane était déserte. Je humais l'absence de Finn dans l'air.

Naturellement, j'avais raison. Pas de mot. Pas d'adresse où faire suivre le courrier.

Je m'assis, soulagé, le cœur vide. Par réflexe, je ranimai ce qu'il restait du feu et mit la bouilloire sur le poêle. Le chat de Finn se frotta contre mes jambes, et je m'en débarrassai d'un coup de pied. Restant hors de portée, il me toisa de ses froides prunelles jaunes, peu dérangé par la puissance de mon antipathie à son encontre.

L'idée de rentrer à Saint-Oswald me donnait la nausée. Le scandale serait grandiose ; par ailleurs, il fallait que je retrouve Finn. Que se passerait-il, alors ? Contemplant le ciel, j'envisageai de quitter la ville, tout simplement. L'épuisement s'empara de moi, imprégnant mes os. J'étais fatigué de courir, j'avais besoin de temps pour réfléchir.

Pendant que mon thé infusait, le ciel s'alourdit encore, se densifia en une moiteur inconfortable ; si j'avais eu accès à un journal ou à la radio, j'aurais peut-être appris ce qui se préparait, j'aurais eu le loisir de concocter un plan ou de fermer les écoutilles. Il en alla cependant ainsi que je ne commençai à avoir des soupçons qu'au moment où l'eau submergea les fondations de la cabane. La mer était bizarrement d'huile. D'habitude, la surface en était toujours agitée par une houle légère voire, plus fréquemment, par de petites ondulations blanches ou des vagues inégales. À présent, elle semblait menaçante, artificielle. Plate comme la main et immobile.

Un enchaînement de signes.

Me souvenant des sacs de sable, j'allai les chercher derrière l'une des masures abandonnées avec une sorte de résignation. Je ne savais pas trop s'ils devaient être placés à l'intérieur ou à l'extérieur. Après un instant d'hésitation, je les mis au pied du seuil, dedans.

Un faisceau de lumière trancha le ciel, aiguisé comme un rasoir et éblouissant, étrange éclaircie qui n'avait aucun sens si je regardais vers les terres et la ville, où je voyais une nue bleu pâle. Ce ne fut que quand je me tournai vers le nord qu'elle devint signifiante. Une vaste masse nuageuse d'un noir verdâtre s'était accrochée au ciel, pareille à une malignité. À un kilomètre et demi de distance, elle se déplaçait lentement le long de la côte en légers bouillons menaçants. Fasciné, j'observai les torrents de pluie qui en tombaient à la verticale. Un nuage d'air froid me heurta, si solide que j'aurais pu en sentir les contours en tendant la main. La tumeur labourait la plage comme une herse, fendant l'humidité ambiante. Au-delà, les échos de la tempête me parvenaient, sifflements sauvages évoquant Dieu qui aurait appelé au silence, suivis par un éclair fourchu aveuglant et un roulement de tonnerre, fort, proche. À cinq cents mètres de là, le spectacle qu'offrait la grève était comique – celui d'un monde sens devant derrière. Les cimes des arbres rabougris étaient presque aplaties, cependant que les vagues s'écrasaient sur les dunes. La violence biblique qui pesait au sud n'aurait su être plus différente du calme étrange qui régnait autour de moi. Je sentis l'étendue de ma vulnérabilité, mon humanité risible et pitoyable. Lorsque les éléments frapperaient, ils auraient la puissance d'un coup de poing. Le peu de pouvoir que j'avais eu avait disparu, transporté (je l'espérais) dans un endroit sûr, et j'étais abandonné en arrière, exposé, petit, trop faible pour lutter, trop lent pour fuir, doté d'un cerveau qui se noyait dans la solitude et le doute de soi, ainsi que d'une pauvre voix d'homme qui n'aurait jamais réussi à se faire entendre par-dessus le fracas de la mer démontée, pour peu qu'il y ait eu quelqu'un pour l'écouter.

La pluie arriva. Pendant quelques minutes, je restai planté sur le seuil, bras écartés, l'invitant à me doucher, à laver le sang qui entachait ma conscience. Cela n'eut pas lieu. L'averse se contenta de tremper mes vêtements, mes cheveux et mes pieds, me laissant accablé de frissons physiques et moraux.

Ce qui suivit ne ressembla à aucune des tourmentes que j'avais pu connaître. La mer se déchaîna, le vent hurla, les éclairs et le tonnerre grondèrent ensemble dans une extase de souffrance, cependant que le ciel rugissait sous l'effet des contractions, enfantant un monstre mauve et vil au caractère incontrôlable.

Je n'avais plus le temps de me sauver et, de toute façon, je n'avais nulle part où aller. Je claquai la porte et tirai sur les volets durs et rouillés à force de ne pas avoir servi, fermant leurs crémones sur les vitres de la cabane, plongeant celle-ci dans l'obscurité. La seule lueur provenait à présent de la fenêtre taillée en diamant de la chambre de Finn, si verte et si faible que je distinguais à peine mes mains tremblantes. Si la flammèche vacillante de la lampe me donna un peu de lumière, elle ne me procura aucun réconfort. Je me blottis dans un coin.

Dehors, quelque chose (le vent ?) hurla. Une fois. Deux.

Au fur et à mesure que les minutes s'écoulaient, je perdis confiance en mes sens. J'avais entendu raconter que les lapins criaient quand on leur tranchait la gorge.

Le braillement résonna de nouveau, encore et encore, et il aurait pu être humain comme animal ; cependant, il n'était pas produit par les bourrasques. Je me faufilai dans l'ouragan, essayant de percer les rideaux de pluie, en vain, tant ils étaient épais. Trempé jusqu'aux os, grelottant, fouetté par l'eau et le vent, j'attendis. Le bruit reprit, plus audible, et je me précipitai vers sa source.

Il se tenait sur la plage, de l'autre côté du gué, je n'apercevais que sa silhouette. Cela ne faisait aucun doute toutefois, il s'agissait de mon lapin, de mon Gollum. De Reese.

Tétanisé par la terreur, il était devenu moins qu'humain et incapable d'une réaction rationnelle. Je m'époumonai dans sa direction – bien plus tard seulement, je me rendrais compte que j'aurais pu lui sauver la vie en m'abstenant d'intervenir.

Il m'entendit, agita les bras, courut de-ci de-là dans un accès de panique et plongea dans les eaux tumultueuses. Mes cris n'avaient plus d'importance, car les rafales m'arrachaient les mots ; Reese eût-il perçu quelque chose, ce n'eût été que des ululements aussi humains ou inhumains que les siens. Je pataugeai aussi loin que je l'osai, enroué à force de lui ordonner de reculer, de proférer mes menaces habituelles. J'entrevis sa tête qui ballottait tandis qu'il se débattait au milieu des flots furieux, mais même le meilleur nageur aurait été impuissant dans cette tempête, et Reese était loin d'être doué en natation.

Enfoncé jusqu'aux épaules dans l'eau bouillonnante, épuisé au point de ne plus avoir la force de crier ni de lutter contre les bourrasques et la mer, je fus traversé par l'envie de me laisser couler lentement vers le fond, où les éléments et mes propres pensées ne m'atteindraient plus, avant de dériver sans bruit dans la délicieuse inconscience de l'éternité. La promesse de paix tendit ses bras vers moi, et je tanguai dans sa direction... puis... non. Qui décide de ces choses avait tranché. La vie n'en avait pas encore terminé avec moi.

Le temps que je me hisse sur la plage, Reese avait disparu.

À l'intérieur du cabanon, je me déshabillai, les doigts gourds, m'enveloppai dans une couverture et m'endormis, vidé, éreinté. Quelques minutes ou quelques secondes plus tard, les bruits dans mon crâne me réveillèrent, alors que l'ouragan hurlait plus fort que jamais, et que la mer s'abattait sur les murs de la maison. L'obscurité était d'encre, la flamme de la bougie s'était noyée dans une mare de cire fondue. Je m'empressai de coller une autre bougie sur la précédente, reconnaissant envers la tête d'épingle lumineuse et sa faible chaleur. Elle me récompensa par une trahison en illuminant l'eau qui suintait à travers la façade de la cahute. J'entrepris de ramasser tout ce qui se trouvait par terre, mécaniquement, accomplissant ce qui devait l'être.

Une heure après, ou deux, ou trois, je tentai d'entrebâiller la porte. Malheureusement, le vent s'y engouffra, m'arrachant la poignée avec un mugissement de joie ; il écarta le battant et investit le cabanon avec des rafales assez violentes pour nous expédier jusqu'à Oz. Je dus recourir à toutes mes forces pour refermer. C'était moins le vent qui m'avait effrayé que le ciel aux mauves et aux jaunes criards.

La tourmente fit rage pendant ce qui me sembla une éternité. À présent, quelque chose tapait contre la maison, de manière répétitive : BOUM, BOUM, BOUM – une interruption – BOUM, BOUM, BOUM. Je ne comprenais pas de quoi il s'agissait, ne pouvais imaginer que la cheminée métallique s'était arrachée (encore retenue par une vis) et était en train de percer un trou dans le toit qui l'empêchait de s'envoler. La cabane entière gémissait, couinait d'angoisse, incapable de tenir face au vent sauvage, déchaîné. Si seulement j'avais eu une radio, un téléphone, un de ces milliers d'appareils modernes que Finn avait méprisés au profit d'un lent et pittoresque suicide par la mer ! Qu'est-ce qui m'avait poussé à revenir dans cet endroit ? Seul un fou aurait choisi de vivre à peine ancré à la terre, sans protection contre les monstres marins et le courroux des cieux !

Quatre heures. Cinq. Six. Des pans d'un sommeil rempli d'images tellement atroces qu'il valait mieux rester éveillé. Les bourrasques s'engouffraient par le toit percé, par le conduit de la cheminée disparue, répandant des cendres humides partout. Je commençai à imaginer que le vent en avait après *moi*, qu'il refuserait de s'arrêter tant que la cabane ne m'aurait pas rejeté, ne m'aurait pas éjecté vers les forces censées juger mon cas, me convaincre d'assassinat et de trahison et me condamner à mort.

Je cédai à un rire dément lorsque je compris que l'ouragan risquait de détruire la maison si je ne l'empêchais pas. Brusquement, je sus exactement comment procéder. J'ouvris la porte, les volets, les fenêtres. J'emplis la cahute de trous afin que le vent la traversât au lieu que de l'aplatir.

L'intérieur de la bicoque devint exaltant, une tempête dans un verre d'eau. Je tentai de sauver ce qui n'était pas fixé aux murs, mais il était trop tard, et les rafales s'emparèrent de tous les objets assez légers pour voler, les transformant en missiles. Au bout de cinq minutes, j'abandonnai la lutte et me retirai dans la sécurité de la mezzanine. Sous le toit, l'air conservait des traces de chaleur. Je me recroquevillai dans le lit de Finn et j'attendis que l'orage passe, comme passent toutes les choses.

Lorsque je m'éveillai, le calme régnait. Pas seulement le calme, mais le silence. Un silence de mort.

Enveloppé dans mon cocon obscur, je me rendormis, cédant à un sommeil miséricordieux car sans rêves, et je me réveillai à l'aube d'une chaude journée de printemps – le soleil inondait les fenêtres ouvertes.

Le matin n'était qu'innocence, comme si la nuit de passion qui venait de s'écouler n'avait jamais eu lieu. L'immobilité caressante de l'heure semblait nier les algues, la table retournée, la vaisselle brisée, la cuisine remplie d'eau et de sable. *Ces incidents relèvent du mystère*, chuchotait la douceur ambiante, *je n'y suis pour rien.*

Règle numéro dix : il n'y a pas de vérité.

28

Le minuscule royaume de Finn était scarifié par la tempête – bouts de bateau, bouchons, coquillages que je n'avais jamais vus, tas d'algues, poissons morts, mais pas de cadavre, et je me surpris à penser (à espérer, à prier) que Reese avait regagné la rive à la nage.

J'allai chercher de l'aide.

Nul comité d'accueil officiel. Un mot accroché aux grilles de Saint-Oswald avertissait *toute visiteuse enceinte ainsi que les personnes à la santé fragile* de se rendre directement au bureau du directeur. Malgré la belle matinée, un silence de mauvais augure dominait. Il n'y avait pas âme qui vive alentour, aucun mouvement, aucun son ; le sol était jonché de branches et de tuiles arrachées par le vent. Un groupe d'élèves de troisième se matérialisa soudain au coin d'un bâtiment, sautant par-dessus les obstacles comme des feuilles de papier ballottées par le vent. En réponse à ma question prudente, l'un d'eux me cria gaiement que les cours avaient été annulés jusqu'à nouvel ordre.

— On te cherche ! s'esclaffa un autre, déclenchant mes frissons.

Il fallait que je prévienne, pour Reese. Or, je ne le pouvais sans me rendre aux autorités. Et puis, Reese était sans doute mort, alors que Finn risquait d'avoir survécu. Je partis donc pour la ville d'une démarche hébétée et titubante. J'attendis qu'une femme équipée d'une énorme réserve de pièces termine sa conversation d'une banalité affligeante et je m'engouffrai à sa place dans la cabine téléphonique.

Il n'y avait qu'un hôpital dans la région. Je composai le numéro et demandai si un garçon victime d'une hémorragie et atteint de mononucléose infectieuse avait été admis, deux soirs auparavant. La réceptionniste me dit que non.

— Il s'appelle Finn, insistai-je.

— Finn comment ?

Je n'en avais aucune idée.

— Navrée, reprit-elle, l'air de ne pas l'être du tout. Je ne peux vous renseigner sans nom de famille.

J'émis un son proche du désespoir.

— Mais pour votre information, enchaîna-t-elle, plus aimable, je ne vois personne ayant ce prénom dans la liste des hospitalisations.

Je réfléchis puis m'enquis de Reese. Ayant obtenu une réponse identique, je raccrochai.

Une image surgit spontanément dans mon esprit, celle de Finn et de Reese, pâles et froids comme le marbre, stockés dans des tiroirs réfrigérés contigus, attendant en vain qu'on réclame leurs corps. La terreur qui couvait, sous-jacente, revint avec force, et mes yeux se mouillèrent de larmes aveuglantes. Le marchand de journaux de la rue principale m'indiqua quel bus prendre pour me rendre à l'hôpital. J'ignorais ce que je ferais, une fois là-bas.

L'établissement paraissait neuf ; il était hideux. Bâtiment bas entouré de parkings, il s'étendait sur ce qui avait dû être récemment encore une prairie. Derrière, des vaches se bousculaient le long de fils barbelés. Il me fallut une minute pour trouver l'entrée, cachée au milieu d'une série de vitres réfléchissantes bleues, et je me demandai quel parfait incompétent avait jugé qu'il s'agissait là d'un accès intelligent aux urgences. Je franchis des portes qui ne ressemblaient pas à des portes et débouchai dans une pièce où se dressait un vaste îlot pareil à un podium. *Réception*, proclamait une affiche. À droite, j'aperçus la salle d'attente, dans laquelle quelques éclopés étaient avachis. Un homme d'une vingtaine d'années dont la joue s'ornait d'une coupure coagulée dormait sur une chaise. Un autre contemplait sans la voir une machine proposant thé ou café au choix.

— Bonjour, dis-je en me penchant par-dessus le comptoir, histoire de jeter un coup d'œil au registre, en vain. Je cherche un ami...

Je m'interrompis, et je revis la scène comme si j'y avais assisté. Lorsqu'ils étaient venus le chercher, ils lui avaient demandé son nom. Je compris alors que, malgré le mystère qui l'entourait, je le connaissais bien. Je savais comment fonctionnait son esprit. La fille de l'accueil parut indifférente aux relations que j'entretenais avec Finn, à mes motifs, aux mensonges que je pourrais lui servir. Elle chercha dans le cahier des admissions le nom que je lui avais fourni.

Le mien.

— Là, ça y est ! m'annonça-t-elle. (Je retins un petit cri de triomphe.) Chez nous depuis mercredi. Dortoir F. L'ascenseur est derrière vous.

J'appuyai sur le bouton d'un doigt tremblant. À l'étage, l'infirmière vérifia sa liste.

— Oui, acquiesça-t-elle en tendant le doigt. Là-bas, le lit du coin, au fond.

Elle m'avait à peine regardé. Je descendis le couloir sur la pointe des pieds, avide de découvrir le faible sourire de Finn derrière ses prunelles sombres et secrètes, un sourire qui me remercierait de l'avoir sauvé.

La chambre comportait huit lits, tous occupés. Il était allongé dans celui du coin, le dos tourné, les couvertures remontées jusqu'à sa tête. J'approchai sans bruit.

— Finn ?

Avait-il tressailli ?

Je répétai son nom. Comme je n'obtenais aucune réaction, je m'assis sur la chaise verte immonde installée près du lit et je patientai. Une nouvelle infirmière vint vérifier sa pression sanguine et prendre sa température.

— Nous n'obtenons pas grand-chose d'elle, aujourd'hui, me lança-t-elle avec un sourire.

Elle, m'agaçai-je par-devers moi. En même temps, cela arrivait toujours, avec mon nom. J'avais été moqué pour ça, confondu avec une fille lors des appels durant toute ma scolarité. Mais bon, quelle infirmière était incapable de distinguer un garçon d'une fille ?

— Il va rester longtemps ici ? m'enquis-je.

— Vous êtes sûr de ne pas vous tromper de personne ? riposta-t-elle avec un drôle de coup d'œil.

Suivant son regard, je contemplai le bras gauche de Finn,

replié sur la couverture en coton blanc de l'hôpital. Il semblait étrangement fragile et délicat, les veines bleues apparentes sous la peau. Le malentendu était facilement compréhensible. L'infirmière me donna le nom du malade, le mien.

— C'est une erreur courante, expliquai-je avec un rire forcé. Les gens croient souvent que c'est un prénom de fille.

La femme réfléchit.

— Il y a eu un problème avec ses parents, non ? Elle vivait seule, quand on l'a trouvée.

Je commençai à être mal à l'aise. L'émotion qui s'était emparée de moi quand j'avais découvert que Finn avait emprunté mon identité retomba à mesure que je prenais conscience des implications. Le garçon malade allongé dans ce lit était censé être moi. Quelqu'un finirait par remonter jusqu'à un numéro de sécurité sociale, une adresse, une famille, un lycée. C'était peut-être déjà fait, d'ailleurs. Observant mon uniforme, l'infirmière fronça les sourcils. Mes vêtements étaient sales et froissés, mais elle ne s'attendait pas à autre chose, sans doute.

— Vous êtes de Saint-Oswald ? demanda-t-elle. L'établissement n'est-il pas en quarantaine ?

Elle parut sur le point d'ajouter quelque chose, en fut empêchée par une sonnette qui l'appelait. Avant de quitter la salle, elle se retourna. Et moi ? J'étais trop fatigué pour m'enfuir ; de plus, je n'avais plus d'endroit où me réfugier. Une peur glacée s'installa dans mon ventre.

J'attendis. Les infirmières allaient et venaient. Je n'osais pas m'approcher de nouveau de Finn. Une seule question virevoltait dans ma tête, incessante : *s'il vous plaît*, quelqu'un aurait-il l'obligeance de m'expliquer ce qui se passe ? *S'il vous plaît*, quelqu'un aurait-il...

Un jeune médecin vint faire sa tournée. Il feuilleta longuement un dossier à mon nom avant de me regarder.

— Vous allez peut-être pouvoir m'aider, dit-il. Il semble qu'il y ait erreur sur le numéro de sécurité sociale de cette demoiselle.

— Ce n'est *pas* une fille.

J'avais prononcé ces mots d'une voix très basse, comme si j'avais eu peur de m'entendre moi-même. Le docteur étudia derechef le dossier.

— Il est écrit ici, marmonna-t-il en plissant le front, qu'elle a été admise avant-hier, souffrant de mononucléose infectieuse et de déshydratation.

De cela, j'étais au courant.

— C'est moi qui l'ai trouvé. J'ai appelé la police. Il y avait du sang...

Il arqua les sourcils, perplexe mais pas hostile.

— La patiente était en pleine menstruation, lors de son admission. Comprenez-vous ce que cela signifie ?

Un voile noir obscurcit mes yeux.

— Je reconnais cependant que quelque chose ne colle pas, poursuivit-il en revenant au dossier. Fichue paperasse.

Il feuilleta les pages, revenant au début, repartant en arrière ; me regarda avec l'air résigné de qui est habitué aux errements de l'administration.

— Je vais demander à quelqu'un de s'en occuper, conclut-il en se levant. Ses parents ont été avertis. Ils ne devraient plus tarder.

Dans le lit, un mouvement se produisit. Lentement, très lentement, Finn se tourna vers moi. Dans ses prunelles, une vie défila, une explication, une expression de... de quoi ? De gratitude ? De regret ? Non, il s'agissait d'autre chose. Presque de l'amusement, mêlé à de la honte, comme s'il avait raconté une plaisanterie qui s'était finalement révélée pas très drôle. Je m'efforçai de saisir l'instant, mais il s'estompa avant que j'aie eu le temps de l'identifier avec certitude.

Finn reprit sa position initiale et, soudain, le ridicule hilarant de la situation me frappa de plein fouet. Tandis que je luttais pour contenir la bulle d'hystérie qui menaçait, je me demandai quels parents n'allaient plus tarder.

29

À quelques kilomètres de la cabane de Finn avait existé une grande cité médiévale, une riche commune en forme de C qui épousait les contours du littoral. La ville s'enorgueillissait de posséder cinq galions royaux et un port parfaitement calme, d'où les pêcheurs et les négociants s'aventuraient sur la mer du Nord, revenant des jours ou des semaines plus tard de ce qui est aujourd'hui la Hollande, la Norvège et la France, leurs navires remplis de laine et de coton brodés, de vélin enluminé, de soieries, de douce laine peignée. Les habitants élevaient et cultivaient l'essentiel de leur nourriture. C'était une époque de grande prospérité, un petit âge d'or. Il ne dura pas, cependant.

En 1328, une violente tempête reconfigura la côte de l'East Anglia. Des vents gigantesques poussèrent à l'intérieur des terres les flots, qui arrachèrent les galets aux fonds marins peu profonds et les projetèrent sur la rive, bloquant ainsi le port, tout en grignotant les falaises, ce qui provoqua l'effondrement dans la mer d'un tiers de la ville. Ce qui avait été un havre idyllique et protégé se transforma en lac d'eau salée et, en l'espace d'une décennie, les six mille âmes de la cité se réduisirent à moitié moins, puis au quart, et ainsi de suite jusqu'à ce qu'il ne reste qu'une poignée de paysans.

À peu près au même moment, la Mort Noire entama son inexorable progression depuis l'Asie, finissant par atteindre la France et, traversant la Manche, la région du Kent. L'Angleterre joua sa part dans la propagation de l'épidémie lorsqu'elle expédia un bateau infecté en Norvège ; le navire aborda, tout son équipage mort ou presque, les cadavres couverts de bubons violets et noirs grotesques. Une bande de pillards ignorants de la peste attrapèrent la maladie lors de leur rapine. Brusquement enrichis, ils voyagèrent le long du littoral, répandant le mal dans les endroits où ils passaient. Lorsque eux-mêmes décédèrent, le quart de la population côtière était contaminé.

Certains historiens considèrent que l'épidémie de peste à travers l'Europe constitue une division fort pratique entre Moyen Âge et Renaissance – littéralement, un coup de balai entre une époque et la suivante.

Très honnêtement, je ne saurais oser ce parallèle avec ma propre existence. Toute renaissance qu'il m'a été donnée de vivre s'est effectuée avec une douloureuse lenteur, nécessitant des dizaines d'années.

Il s'en écoula beaucoup avant que je ne revisse Finn.

Un peu plus tard le même jour, je fus arrêté par la police, grâce aux informations arrachées au malheureux Reese par Gibbon et sa clique. On me posa tellement de questions, alors

– mes parents et mes professeurs, l'administration du lycée, les policiers et les services sociaux. À Finn également, j'imagine. L'innocente intimité de ces journées à la cabane provoqua des scènes de chaos, des crises.

Une enquête fut ouverte sur la mort de Reese, une seconde sur mes relations avec Finn. Quand les journaux s'emparèrent de l'histoire, je fus accusé, entre autres choses, d'homicide et de perversion sexuelle. Mes pairs me jugèrent eux aussi, non comme meurtrier ou réprouvé, mais comme objet de ridicule.

Cher vieux Hilary. Reconnu coupable des accusations portées contre lui.

Je fus rendu à la garde de mes parents pendant l'enquête, quasiment deux ans, au bout desquels on me déclara non coupable. Et non responsable de la mort de Reese. De rien. Ma honte mit bien plus longtemps à se dissiper, et mon désir de revoir Finn à refaire surface. C'est la honte qui m'intéresse le plus désormais, elle me pousse à m'interroger sur sa puissance. Où était ma culpabilité sinon dans la méprise, à moins que l'ignorance de la jeunesse ne soit une honte en soi ?

Il était hors de question que je reste à la maison. J'informai mes parents que j'en avais terminé avec les études, j'emballai mes maigres possessions et le peu d'argent que j'avais, et je partis. Mon imagination me joue-t-elle des tours, où ne furent-ils pas mécontents d'être débarrassés de moi ? Car qu'y a-t-il de plus répugnant aux yeux de la classe moyenne anglaise que le scandale, l'échec et l'arôme redouté de la dépravation ?

Il ne fallait pas être grand clerc pour deviner où je me rendis. L'attraction gravitationnelle était irrésistible ; et puis, je ne savais où aller.

Je revins en juillet et, comme d'habitude, j'attendis la

marée basse. Même à son étiage le plus faible, l'eau m'arrivait presque à la taille. La cabane avait l'air intacte mais avait visiblement passé l'essentiel des deux années écoulées à être inondée. Elle empestait les algues et la décomposition ; la moindre surface était souillée et couverte de moisi et de boue. Je m'attaquai aussitôt au travail. Après tout, je n'avais pas les moyens de m'offrir un appartement.

La première nuit, je dormis à l'étage, dans l'ancien lit de Finn, me tournant et me retournant jusqu'à ce que, vers minuit, je ressorte. L'air avait la température du sang et sentait le propre, le sel. Je restai longtemps allongé à contempler les étoiles. À l'aube, je renonçai au sommeil et entrepris de sortir de la cahute les objets abîmés que je mis à sécher sur la grève.

Bien qu'ingrat, ce nettoyage n'alla pas sans quelques triomphes. Alors que je transportais des brassées de végétaux puants vers les dunes broussailleuses, je manquai de trébucher sur le kayak de Finn, à moitié ensablé et dissimulé par les roseaux, comme une relique. Lorsque je le déterrai, découvrant qu'il était en bon état, je déposai un baiser de gratitude sur sa coque verte miteuse.

Je me dépensai ainsi jusqu'au milieu de la matinée, à l'heure où la faim l'emporta sur mon désir de terminer ma tâche. Je traversai le chenal en kayak, le cachai à son ancienne place et me rendis à pied en ville. Me dirigeant droit sur l'hôtel le plus cher, j'entrai d'un pas nonchalant dans la salle à manger, sans tourner la tête ni à gauche ni à droite, et je m'assis à une vaste table qui croulait sous les restes abandonnés par les sept membres d'une même famille. Je saluai les parents désarçonnés, ignorai leurs regards surpris et me servis. Facile.

Accueillant les coups d'œil incertains des garçons avec des

sourires confiants, je me gavai de croissants, de café chaud et de crème, et d'un copieux petit déjeuner à peine touché par un enfant. La courtoisie du personnel, ses hésitations quant à mon droit ou non d'être ici (ce visage n'était-il pas familier ?) redoublaient mon appétit, et je me régalai notamment d'une assiette de saucisses intacte. L'eussé-je voulu, je n'eus pu avaler une miette supplémentaire. Du coup, je renversai les reliefs dans une serviette blanche amidonnée et, remerciant la fille qui était de service, je sortis sans me hâter, rassasié, mon baluchon à la main.

Mon arrêt suivant fut la droguerie, où j'achetai du kérosène, des clous et une brosse à récurer. Je fourrai le tout dans un grand filet à provisions, y ajoutai du pain, du beurre et l'un de ces gâteaux au gingembre bon marché enveloppé dans du papier gras. Comme mon sac était lourd, je m'offris le trajet en bus. Quand le véhicule passa devant mon ancien pensionnat, je regardai ailleurs.

Les deux semaines suivantes se déroulèrent selon un schéma à l'efficacité rassurante. Je connaissais si bien les employés de l'hôtel du Port, à présent, qu'ils m'ignoraient. Je les remerciais en restant propre et discret. Certains jours, la chance me souriait, et je déjeunais d'œufs au bacon ; le reste du temps, c'étaient des tartines et du thé ou du café chauds. Tout en mangeant, j'observais les clients – des touristes d'âge moyen bien habillés et des parents d'internes qui s'adressaient rarement la parole à cette heure. La plupart semblaient d'ailleurs ne jamais se parler. Cela me donna une image plus objective du genre de personnes qui envoyaient leurs enfants à Saint-Oswald, celles dont l'union était tout sauf passionnée, dont l'implication envers leurs rejetons évoquait le mot « devoir » plus que celui d'« amour ». Il arrivait qu'un chien d'extérieur soit de la partie, un épagneul ou un caniche abricot pour aller avec les cheveux de la mère. Ces indices venaient renforcer ma réserve d'informations et m'aidaient à imaginer les existences que ces gens-là menaient, leurs maisons avec gouvernantes, équipement moderne et émois soigneusement contrôlés.

Je ne m'étais jamais intéressé aux classes moyennes supérieures, autrefois. Mais je n'avais jamais eu le loisir non plus de les observer dans leur élément naturel.

Parfois, après mon petit déjeuner, j'achetais des matériaux : pinceaux, punaises, outils et objets auxquels je pensais sur le moment. D'autres fois, je rapportais un meuble d'occasion (chaise, table pliante) destiné à remplacer ceux du cabanon qui avaient été brisés ou qui avaient pourri. Rien de tout cela ne coûtait grand-chose, et c'était satisfaisant, comme si j'avais joué à avoir une vie. La prochaine inondation ne tarderait pas, et il fallait que je me débrouille pour rendre étanche mon foyer. Chaque instant réclamait mon attention.

Après l'avoir débarrassée de ses détritus, je récurai la maison au point d'en avoir les mains en sang. Le soleil était chaud, elle sécha rapidement, et les arômes salés de la mer remplacèrent l'odeur de moisi. Je laissai les fenêtres ouvertes, ne les fermant qu'à la tombée du jour pour empêcher les papillons de nuit d'entrer. Je n'allumai pas le poêle, même si l'eau pour le thé me manqua, mais je devinai qu'il me faudrait bientôt le faire, lorsque les températures commenceraient à chuter. Bien que le bois ramassé sur la plage brûlât mal, crachant et crépitant comme du saule, il était bien plus pratique que transporter des sacs de charbon en kayak.

Il y avait suffisamment de réparations à faire pour m'occuper tout l'été. J'avais beau ne pas être un as du bricolage, je me réjouissais de constater que j'étais capable de quelque chose. J'entrepris d'abord de restaurer la cheminée métallique qui s'écrasait bruyamment sur le toit au moindre coup de vent. Je remplaçai les tasseaux cassés et les vissai soigneusement. Ensuite, j'édifiai un mur de sacs de sable (trois empilés les uns sur les autres) autour de la cabane, travail épuisant qui occupa une bonne partie de cette quinzaine. Mon rempart achevé, je me rendis compte qu'il ne tiendrait sans doute pas, de toute façon. Il était exclu de perdre une nouvelle semaine à le démanteler, mais son inutilité me déprima.

Changer les carreaux exigea précision et adresse, deux qualités dont j'étais dépourvu. Je fis l'emplette d'un couteau, et le droguiste tailla les vitres et les emballa dans du papier brun. Je mis quasiment une journée entière et agaçante à trouver le coup pour retirer le vieux mastic et le remplacer par du neuf, en une ligne nette et droite. Je dus couper quelques carreaux là où les fenêtres avaient joué, et je réussis à en briser quatre dans la bataille, alors que j'étais équipé d'un diamant. Lors de ma virée suivante au magasin, j'avais pris des mesures plus précises ; les parallélogrammes me coûtèrent un extra.

En prévision de l'hiver, j'achetai un rouleau de laine de verre que j'enfonçai entre les poutres inégales de la charpente et que je fixai avec les bouts de bois que je ramassais sur la plage. Dire que mon patchwork était inélégant eût été un euphémisme. Au moins, il se révéla efficace – le soleil d'août tapant sur la maison toute la journée, la mezzanine se transforma en sauna. Lorsque les jours fraîchiraient, ce serait impeccable ; en attendant, je retournai dormir au rez-de-chaussée, comme au bon vieux temps.

La semaine d'après, je dénichai une demi-caisse des tuiles en amiante noire que Finn avait utilisées pour réparer le toit. Il les avait soigneusement enveloppées et stockées sous l'escalier. Je les découvris en cherchant des outils. L'été avait certes été sec, mais quand il pleuvait j'avais besoin de toutes les casseroles et de tous les plats que contenait la cabane pour récupérer l'eau des fuites. En équilibre sur le rebord de la fenêtre, je hissai la lourde caisse à outils sur le toit, oubliant ses rebords en fer blanc que le soleil rendait incandescents. Les épaisses brûlures de mes doigts me rappelèrent longtemps ma sottise, et je guettai la prochaine journée maussade avant de recommencer. L'inclinaison du toit n'était que de vingt degrés, mais il était difficile de garder une position stable tout en donnant des coups de marteau (comment Finn y était-il parvenu aussi facilement ?). Je m'agenouillai avec prudence, coinçai mes pieds sur le rebord et me penchai afin de clouer un maximum de tuiles avant de glisser. Ma technique n'était guère réjouissante, dans la mesure où, à mesure que j'en fixais de nouvelles, les anciennes avaient tendance à se fendre. À la fin, je me bornai à coller des bandes de toile goudronnée sur mon sabotage. Si ce n'était pas la chose à faire d'après vous, vous pouvez toujours m'écrire.

Ainsi, peu à peu, je remis la maison sur pied. Lorsque je reculai pour l'examiner, je m'aperçus qu'elle était plus douillette et prête à affronter l'hiver qu'elle ne l'avait jamais été du temps où Finn l'habitait. Cela me déstabilisa. Je n'étais pas habitué à me considérer comme capable d'améliorer ce qu'il avait créé.

Ce qu'elle avait créé.

Je ne décidai jamais vraiment de ce qui se passa ensuite. Cela me prit lentement, tictaquant dans ma conscience un long moment avant que je ne découvre sa présence. Mais, à force de vivre ici, j'étais déjà à mi-chemin d'une décision : devenir ce que j'aimais.

On serait en droit de s'attendre à ce qu'une règle accompagne cette pensée, mais j'avais épuisé mon stock.

30

J'allai trouver la sorcière de Finn.

Si deux années représentent une durée d'importance dans la vie d'un adolescent, elles valent à peine plus qu'un clin d'œil dans celle d'une marchande. J'avais le sentiment que la sorcière de Finn jouait son rôle depuis au moins quelques siècles et qu'elle n'avait pas l'intention de changer ses habitudes aussi rapidement. Bien sûr, je la dénichai là où je l'avais laissée, le même foulard crasseux noué autour du cou, le même visage pareil à un navet pourri. À mon approche, elle ne fit montre d'aucun signe de reconnaissance, mais à la façon dont ses yeux sautillaient furtivement çà et là, je fus certain qu'elle m'avait identifié. Je me demandai si elle lisait les journaux locaux avant de comprendre que ce n'était pas la peine : la version officieuse des informations courait d'étal en étal et, les bons jours, le système était bien plus rapide et exact que l'agence Reuters.

Elle me tourna le dos – je n'en eus cure. Je m'assis, feignant tantôt de m'intéresser à quelque chose sur l'horizon, observant tantôt une scène qui se déroulait chez le marchand voisin, fredonnant pour moi-même. Il lui fallut un bon quart d'heure pour se rendre compte que je ne partais pas. Elle me rejoignit.

— Tu es revenu.

— Oui.

Elle hocha la tête. Je gardai le silence le plus longtemps possible, me souvenant de Finn, m'essayant à sa pratique du pouvoir. Puis :

— Je cherche un boulot.

Cela parut l'étonner, ce qui m'étonna à mon tour. À quoi bon le don de seconde vue si vous n'êtes pas à même d'anticiper la plus simple des conversations ?

— Je ne pense pas que tu sois bon à grand-chose.

Je lui fis face. Vas-y, songeai-je, regarde-moi bien. Je ne suis peut-être pas le plus beau des spécimens mais, au moins, je suis ce que j'ai l'air d'être.

— Mardi, lâcha-t-elle alors que notre silence embarrassé menaçait de se transformer en stase permanente. Tôt.

— C'est quoi, tôt ?

— Six heures.

Ça me convenait très bien. Un travail était un travail, je n'allais pas pinailler sur les horaires. De toute façon, j'étais généralement debout au lever du soleil.

Nous étions un samedi, et il me tardait de commencer. J'étais las des petits déjeuners volés, et l'hôtel remplacerait bientôt ses saisonniers par des employés locaux, dont je soupçonnais qu'ils seraient moins bienveillants à mon égard. J'étais également à court d'argent, et j'aurais été contraint de chercher une place en ville si la sorcière ne m'avait pas embauché. L'idée d'avoir à servir les élèves de Saint-Oswald à la supérette ou chez le vendeur de poisson-frites me faisait frémir.

Finalement, cela se passa sans surprises. Le mardi matin à six heures, Carabosse désigna une pile de caisses à l'arrière d'une camionnette, montra un endroit derrière son étal et me laissa seul. Rien de plus facile. Je déchargeai les caisses, les entassai où il le fallait, rendit de menus services à droite et à gauche et, à onze heures, quand elle me tendit une tasse de thé, je ne pouvais plus lever mes bras au-dessus de mes épaules.

— C'est le nouveau ?

La quadragénaire qui fumait ses cigarettes à la chaîne tout en vendant du fromage, des bonbons et des sardines en boîte sur le stand voisin me reluqua.

— Un sacré beau gosse, hein ? ajouta-t-elle sans pouvoir réprimer sa gaieté.

Elle s'appelait Alice, un prénom qui ne lui allait pas.

La sorcière me tendit un balai. Ce qui était parfaitement approprié, pensai-je en me mettant au travail. À une heure de l'après-midi, elle me conduisit au café du marché et fit signe à la serveuse, qui nous apporta deux assiettes de saucisses-purée. C'était mon premier repas correct en plusieurs semaines, et Carabosse n'essaya pas de lire mon avenir. Reconnaissant, je me promis d'être moins désagréable par la suite.

Le marché fermait à quinze heures, et tout ce que j'avais commencé par faire dut être défait, caisses remballées à l'arrière de la fourgonnette et étal replié. La tâche me parut énorme pour la vieille fainéante, et je m'étonnai que cet emploi de factotum fût resté libre. Elle me l'avait peut-être gardé, sachant que je réapparaîtrais pour le lui réclamer.

Une fois tout remballé et nettoyé, elle me tendit six shillings, pris à une petite bourse en cuir qu'elle portait à la ceinture. De quoi acheter du thé, du lait, du pain, des biscuits, des clous et un paquet de bœuf haché à bas prix.

— Quand dois-je revenir ?

— Demain, répondit-elle en grimpant dans la cabine de sa camionnette bleue et en claquant la portière.

Trente shillings par semaine. L'extase.

31

Au fur et à mesure que l'été se fanait, il y avait moins de travaux à effectuer à la cabane, et je passais mes loisirs à lire des livres que j'empruntais à la bibliothèque ou que j'achetais pour un penny à la boutique de soldes permanents. La plupart de mes lectures étaient choisies afin d'impressionner Finn, dont je considérais l'absence comme temporaire. Ou alors, il avait pris une telle existence dans mon esprit que, à son départ, la différence avait été négligeable. L'idée qu'il pût revenir n'importe quand m'amenait à combiner des sujets de conversation s'appuyant sur les ouvrages que je parcourais. Après tout, il était peu probable qu'il consacrât du temps à évoquer de bons vieux souvenirs. Je commençai par les classiques, comme *Moby Dick* et *L'Île au trésor*, mais ne tardai pas à dériver vers des aventures plus modernes : *L'Expédition* du Kon-Tiki, Le Cheval de bois, Le Jour des Triffides[1]. Les romans récents, je les lisais furtivement, au lit, comme s'il s'était agi de pornographie.

Semaine après semaine, je travaillais, je vivais, je pensais à Finn.

Mais auquel ? Mon Finn spirituel était fort et étranger à la peur. Viril. Mâle.

Je ne savais rien du vrai.

Et pourtant, je guettais son retour, en partie parce que je n'avais rien de mieux à faire. Du bon côté des choses, la sorcière de Finn était une patronne respectable (non que j'eusse des points de comparaison), la tâche était simple, et elle me payait, ce qui me semblait relever du miracle. Du mauvais, mon sommeil était hanté par les noyades, et la mer revendiquait lentement la maison (*ma* maison).

Un jour de pluie constante, Carabosse me renvoya tôt chez moi. J'accomplis le trajet à pied afin d'économiser le prix du ticket, traversant les marais, comme d'ordinaire. Maintenant que la cabane était inaccessible autrement qu'en bateau, ma plus grande crainte était de perdre le kayak. Voilà pourquoi j'avais acheté un antivol de vélo gainé de plastique et un cadenas, que je passais dans l'anneau de la proue et dans le vieux winch rouillé de Finn. J'avais détaché l'esquif, je l'avais basculé sur le flanc droit et j'avais commencé à le tirer vers le gué quand j'entendis un bruit, un sifflement sourd outragé qui me poussa à lâcher ma charge et à sauter en arrière. Ahuri, je vis une patte grise émerger de l'habitacle, suivie d'une tête également grise, prunelles obliques et oreilles déchirées

---

1. Respectivement de Herman Melville (1851), Robert Louis Stevenson (1883), Thor Heyerdahl (1947), Eric Williams (1949) et John Wyndham (1951).

et mouvantes, et d'un corps au poil sale, le tout terminé par l'étrange queue de dessin animé à moitié levée.

Le chat de Finn me salua (moi, son ami perdu de vue depuis si longtemps) avec dédain et se planta fermement au milieu du bateau, me défiant de m'emparer de ce qu'il considérait visiblement comme la propriété de Finn, ou la sienne, peut-être. Cependant, ayant perdu le besoin de m'insinuer dans les bonnes grâces de son maître, je n'avais plus peur de la bestiole. Mouillé, de mauvais humeur, je crachai à mon tour, attrapai le kayak par les plats-bords et le jetai brutalement à l'eau avant de monter à bord et de vérifier, poussé par une réflexion de dernière minute, si le félin s'était caché dans l'habitacle. Il me mordit la main, comme au bon vieux temps, et je poussai un juron tout en regardant autour de moi, comme pour voir si Finn avait été témoin de mon humiliation.

Je pagayai jusque devant ma (*ma*) porte et ancrai le bateau au loquet. Il flottait sur dix centimètres d'eau, là où, autrefois, il aurait été à sec sur le sable. Que la bête se débrouille seule pour descendre, estimai-je, peu désireux de risquer une nouvelle attaque en essayant de l'aider. Le chat me suivit cependant tout seul, sautant de l'esquif sur le perron, franchissant le seuil et s'adonnant à une inspection des nouveaux aménagements, sa queue battant lentement la mesure, comme s'il cherchait à détecter l'éventuelle présence de mines. Il se frotta même contre moi à plusieurs reprises afin d'établir son droit de propriété. C'est ainsi que je fus estampillé propriété du chat de Finn.

Apparemment, la bestiole ne comptait que sur elle-même pour survivre. En dépit de son poil miteux et de sa gueule abîmée, elle n'était pas maigre. Je lui lançai quelques reliefs, parce qu'elle avait appartenu à Finn, parce que j'en étais désormais responsable. *Noblesse oblige*[1]. Nous étions liés par une loyauté commune, à défaut d'autre chose.

En bon pragmatique, le chat se mit à me suivre comme il l'avait fait avec Finn – de la plage jusqu'à la ville, où il paradait sur mes talons, au milieu du marché. Alice le trouvait hilarant. Quatre ou cinq félins rôdaient autour de son étal, ce qui n'avait rien de surprenant, vu l'odeur de décomposition qu'exhalaient ses fromages. Les souris titubaient hors de leurs cachettes, tels des marins ivres, inexorablement attirées par la puanteur. Alors, ses chats les ramassaient l'une après l'autre à coups de pattes vifs et délicats. Les rongeurs étaient tellement intoxiqués par le fromage moisi qu'ils n'avaient pas l'air de s'offusquer d'être mangés.

Le chat de Finn ne se mêlait pas au festin général, restant à l'écart, attendant que le poissonnier le régale. Sa patience, qui semblait relever de l'habitude, m'incita à penser qu'il s'était peut-être nourri de cette façon durant tout ce temps, d'où sa robuste constitution. En tout cas, c'était une manière de trouver ses repas autrement moins avilissante que de chasser des proies vivantes.

J'avais toujours cru que les chats se nettoyaient seuls, mais la crasse de celui-ci était telle qu'elle semblait irrécupérable, et je me refusai à le toucher. Ce fut Alice qui brandit une brosse et se chargea de peigner son poil, qui devint vaporeux, luisant et propre comme de la zibeline. La créature avait meilleure allure, elle était presque belle, et cela me plut. Il était plus flatteur d'être accompagné partout d'un bel animal.

Nous avions beaucoup d'habitués dans notre clientèle, parmi lesquels une fille qui traînait près de notre stand

---

1. En français dans le texte.

presque tous les après-midi. Je ne la décourageais pas et, au bout de notre troisième ou quatrième rencontre, la conversation s'engagea. Elle avait de magnifiques yeux cuivrés et me demanda si mon chat avait un nom. Je bâillai, ennuyé et un peu agacé par ce sujet de discussion.

— La Bête, répondis-je en lançant un coup de pied peu convaincu à l'intéressé.

Elle fronça les sourcils.

— Ne fais pas ça, me morigéna-t-elle.

Haussant les épaules, je me remis au travail, et elle finit par s'éloigner. Mais elle revint le lendemain, le surlendemain, et je crois qu'elle avait besoin d'attention, car non contente de rôder alentour, elle commença à me raccompagner chez moi, du moins aussi près de chez moi que je l'y autorisais. Elle était plutôt jolie, avec des cheveux longs séparés par une raie médiane, et elle marchait moins qu'elle ne se promenait. Ses traits étaient fins et nets, et je la regardais parfois en douce en essayant de l'imaginer en garçon.

Lorsque nous arrivâmes à l'endroit où la route goudronnée tournait à gauche vers la plage, je m'arrêtai et lui annonçai qu'elle ne pouvait aller plus loin.

— Mais où habites-tu ? demanda-t-elle.

Je me bornai à agiter le bras vers le sentier qui traversait les marais tout en m'entraînant à afficher mon sourire énigmatique. Puis je la plantai là et m'éloignai sans me retourner, le chat de Finn derrière moi. J'étais conscient que cela ajoutait à mon mystère et, pour une fois, je ressentis une complicité avec l'animal.

La fille n'essaya jamais de nous suivre.

32

Il y a d'autres choses que je n'ai pas mentionnées. Par exemple, le fait que Finn ait eu deux ans de moins que ce que je pensais, ce qui ajouta au scandale. Les *anomalies*, comme le souligna l'assistante sociale appointée par le tribunal, étaient déjà assez nombreuses pour soulever l'inquiétude : un garçon de seize ans et une fille de quatorze cohabitant durant les vacances scolaires, la fille habillée en garçon et se comportant comme tel, et *Dieu sait quoi d'autre*. Des vêtements m'appartenant furent retrouvés dans la cabane, et un journal intime retraçant mes activités tomba entre les mains des autorités. Pauvre Reese, vigilant jusque dans la mort.

À moi, ils dirent toujours :

— Vous saviez, naturellement ?

Le plus souvent, la question était posée gentiment, mais sous-tendue par l'incrédulité, comme si personne n'arrivait à croire que j'avais pu être aussi bête. Elle était toujours formulée de manière à s'arrêter juste avant d'aborder le sujet de la sodomie – ou de quelque chose de plus conventionnel que la sodomie, s'avéra-t-il. Tout cela me rendait honteux et furieux, mais surtout gêné pour Finn, pour ce qu'il était devenu aux yeux des autres, par ma faute.

Ce qu'elle était devenue.

Personne ne savait trop quoi penser, moi le premier. Était-il possible que j'eusse été aussi naïf ? La moindre question cachait un piège, sexuel la plupart du temps, et les vraies questions étaient soigneusement éludées. Il suffisait de regarder les hommes (car c'était des hommes en général) humecter leurs lèvres, l'air de s'excuser, ou de me défier, ou de mourir d'envie d'obtenir des détails. *Avez-vous couché ensemble ?* demandaient-ils presque, et : *De quelle manière ? Qu'avez-vous fait exactement ? Quelle était la nature de votre fornication ? J'ai bien peur qu'il vous faille être plus précis.* Leurs prunelles me suppliaient de l'être, plus précis.

Ils se trompaient, bien sûr. Je ne cessai de le leur répéter, impatiemment, avec une assurance mesurée, dans des explosions de violence, quoique, en vérité, le ton n'y changeât rien. Quelles que fussent mes explications, mon innocence en ressortit faussée, revêtant l'apparence et la tonalité de la culpabilité, se conformant aux pires craintes et aux désirs les plus chers de chacun. Ils voulurent tant nous voir comme des pervers que la vérité se mit à céder. *Racontez-nous simplement les choses*, roucoulaient-ils, alors que sous ces paroles se dissimulaient d'autres mots aux aguets : *tantouse, pédé, pervers, déviant* et, le meilleur de tous, *élève du privé*, comme si (insistance justifiée) aucune autre explication n'était nécessaire.

Les autorités localisèrent la mère de Finn, et j'imagine que les retrouvailles furent pleines d'émotions. Remarquez le soin avec lequel je formule cette phrase, afin de laisser l'espace nécessaire à la réalité, quelle qu'elle ait pu être. Je doute que cette femme fut heureuse de le revoir, mais je peux me tromper. Les journaux rapportèrent qu'elle vivait dans la région, qu'elle avait un ami et deux autres enfants – des filles. Que ce que l'on a pu raconter à son propos soit vrai ou non, elle tint absolument à éloigner Finn de moi. Comme si c'était moi qui avais fait de lui ce qu'il était, alors que je m'étais contenté d'arriver à la fin du récit et de croire ce qu'il m'avait présenté comme étant la vérité.

On retrouva le corps de Reese trois semaines plus tard, échoué sur la côte, à un peu plus de deux kilomètres de la cabane. Après toutes les dépositions, les gros titres suggestifs, les doigts accusateurs, on conclut à une mort accidentelle. Reese était venu me chercher et s'était noyé pendant la tempête. Une explication qui avait le mérite d'être simple, en dépit de tout ce qu'elle laissait de côté.

Naturellement, à l'époque, je croyais encore que l'histoire est une suite de faits clairs et nets. Aujourd'hui, je sais qu'elle n'est qu'un récit parmi tant d'autres ou tant d'épisodes de différents récits – dans mon cas, un mélange de Boucle d'Or et du Grand Méchant Loup.

Réfléchissez à l'histoire et dites-moi que je me trompe.

33

J'eusse aimé que le présent récit se terminât sur je vécus heureux et j'eus beaucoup d'enfants dans la cabane de l'île, mais cela n'eut pas lieu. Je ne mis pas longtemps à admettre que je vivais dans la mer.

Cela acquis, j'emballai mes affaires et m'en allai. Il ne servait à rien de m'accrocher à l'endroit, à attendre que les flots balaient toutes ces existences : celle de Finn, celle de sa grand-mère, celle du pêcheur cent ans plus tôt, celle du paysan mille ans plus tôt, et celles de tous les autres au milieu, y compris la mienne. Plus l'île de Finn se rapprochait de l'extinction, plus je me promenais mentalement dans les vies qui nous avaient précédés, les huttes et les maisons, les restes d'animaux et de vêtements, les pièces, les latrines et les marmites, les messages du passé transmis sous forme d'ossements et de détritus de cuisine. Et de gens.

Il m'arrivait de réfléchir au contenu de ces vies, aux choses intangibles qui ne laissent ni fossiles ni marques dans l'histoire. Les générations futures déterreraient-elles des signes de passion ? D'espoir, de déception, de désespoir ? Découvriraient-elles des strates d'amour et des couches de perte ? Ou la race humaine dans son entier finirait-elle engloutie et oubliée, enfouie sous des vagues de banquise fondue, sans personne pour creuser et ressusciter, pour s'interroger sur ce qui avait été ou aurait pu être ?

Ce qui me ramène au présent, à l'époque où nous avons commencé à nous noyer dans une mer de notre propre fabrication. Notre pastorale est morte, gaspillée dans la course vers le futur. Nos vies sur cette Terre fragile ont provoqué bien des dégâts. Nous avons émergé, nous avons abusé et nous avons détruit, pleins d'une sagesse et de regrets qui arrivent beaucoup trop tard.

Nous nous sommes trompés sur le temps, nous avons eu tort de croire qu'il s'écoulerait d'une manière ordonnée et porteuse de promesses, de chances et de progrès constants. Nous savons maintenant que le temps tressaute, glisse et s'arrête soudain, comme cela m'arrivera bientôt, comme c'est déjà arrivé ce jour du milieu du XXe siècle où je rencontrai celui que je voulais être et lui demandai à boire.

Bien que Finn ne m'ait adressé aucun reproche, j'ai fait pénitence sous la forme d'un compte en banque approvisionné tous les mois durant près de quatre-vingts années. Il ne m'a jamais remercié, et je n'ai jamais demandé de remerciements, nous étions donc d'accord. Pour des raisons que j'ai du mal à expliquer, y compris aujourd'hui, j'ai payé en souvenir de Reese. Il y avait tant de lui en moi, et je me suis souvent demandé s'il aurait pu être l'ami plus véritable.

J'ai presque cent ans ; j'attends la fin tout en pensant au début.

Il est des choses que j'ai besoin de vous dire, mais m'écouteriez-vous si je vous confiais à quel point le temps passe vite ?

Je sais que vous êtes incapables de l'imaginer.

Nonobstant, je puis vous garantir que vous vous réveillerez un jour pour découvrir que votre vie s'est écoulée avec une rapidité à la fois incroyable et cruelle. Les moments les plus intenses donneront l'impression d'avoir eu lieu hier, et rien ne pourra effacer la souffrance et le plaisir, la stupéfiante intensité de l'amour et de ses soubresauts de bonheur, la lugubre noirceur des passions ni réciproques, ni avouées, ni vécues.

Et pourtant, le cerveau continue à languir, à brûler de désir, sottement. Mon cerveau de vieil homme est moqué par un corps qui aspire encore à s'étirer au soleil et à former une silhouette que le regard d'un autre trouvera belle, à s'allonger sous un ciel bleu et à rêver d'un amour désemparé et désintéressé, à se contempler, illuminé, dans la lumière dorée du regard d'un autre.

Le temps nous érode tous.

La côte a maintenant disparu, submergée, et elle continue de s'enfoncer. Même ce bon vieux Saint-Oswald a été englouti, comme mon fort romain. Je suis heureux d'avoir vécu assez longtemps pour me réjouir, enfin, au gré de la faible lueur d'espoir qui nous reste au milieu de notre désastre, de la noyade de ces méchantes petites salles de classe, de ces méchantes petites ambitions, de cette méchante petite histoire. Il me reste un but dans la vie, qui exige que je conduise mon bateau à la rame au-dessus des ruines de ces tours.

C'est donc ici que s'achève mon récit. Ici, à bord d'un esquif fiable qui s'agite doucement sur la houle tranquille du passé. Je suis un vieillard à la tête pleine de souvenirs, et il y a toujours une partie de moi qui regarde en arrière, qui remonte le cours du XXe siècle, des XIXe, XVIIIe et XVIIe siècles, et qui continue de voler, encore et encore, à travers les ans avant de ralentir et de finalement s'arrêter au milieu du VIIe siècle, où je vis dans une cabane près de la mer, où je pêche pour survivre, où je prépare du ragoût dans un pot de fer, où je ramasse du bois sur la plage pour entretenir mon feu, où je pêche encore et toujours, où je participe à des guerres afin de protéger ce qui est mien, même si ce n'est pas beaucoup.

Pendant des années, nous avons eu un arrangement. J'allais voir Finn, aussi réservée et fragile que jamais, avec le même rare sourire, les mêmes cheveux courts de garçon. Elle m'accueillait toujours volontiers, un peu absente, sûre de mon affection alors qu'elle ne m'offrait que le minimum d'elle-même en retour. Et pourquoi en eût-il été autrement ?

Parfois, la douceur de ses yeux et de sa bouche m'amenait à me demander comment j'avais pu louper la vérité sur ce qu'elle était. Mais soyons justes, elle n'a jamais été ni plus ni moins que ce qu'elle avait toujours été.

La porte n'était pas verrouillée, et c'était moi qui mettais la bouilloire sur le feu, moi qui infusais le thé, moi qui allais chercher les biscuits, moi qui les disposais sur une assiette. Souvent, elle s'activait dans son jardin et ne venait pas tout de suite à ma rencontre.

Lorsque, enfin, nous nous asseyions, elle me contemplait avec la même affection amusée qu'autrefois et m'autorisait à fixer ses prunelles sombres et graves ; alors, derechef, j'éprouvais le tiraillement familier de mon cœur. Elle ne manquait pas de me demander comment j'allais et, jamais au fil de toutes ces années, je ne lui ai dit la vérité.

J'en souris aujourd'hui, sachant que tout cela appartient au passé, sachant que je lui ai survécu, que le récit est terminé et ne changera pas. Je suis la seule personne restant sur Terre à avoir le souvenir de ce qui s'est passé et de ce qui ne s'est pas passé entre nous.

La fille que j'avais rencontrée au marché a resurgi dans mon existence quelques années plus tard. Elle avait coupé ses cheveux aux épaules, et je ne la reconnus que lorsque je vis ses yeux cuivrés de chat.

Elle me tapota l'épaule alors que je faisais la queue à la boulangerie, et nous discutâmes du temps, du pain, du chat de Finn qui vivait encore avec moi et continuait de me suivre partout de sa démarche impériale.

— Je m'appelle Lara, se présenta-t-elle en me tendant la main.

— Et moi Finn, lui répondis-je.

Ce fut la seule fois de ma vie que je le dis à haute voix.

34

Des années plus tard, je proposai à une autre femme de m'épouser, mais elle refusa, gentiment, désirant juste autre chose que ce que j'étais en mesure d'offrir. Je ne réitérai plus l'expérience, même si mon existence n'a pas été dénuée de moments d'affection, que j'allais pêcher là où je savais les trouver, tel un homme qui, affamé depuis son plus jeune âge, est à l'affût de nourriture. J'ai écrit des livres sur le littoral, de grands textes ambitieux remplis d'observations géologiques, objets de recherches méticuleuses soigneusement classées, des fois qu'elles puissent intéresser quelqu'un un jour. À ma mort, on qualifiera mon travail de contribution utile, mais mes ouvrages se dissiperont peu à peu dans l'histoire, et le récit de ma vie sera finalement écrit, peut-être, par une personne qui, comme moi, pense parfois à ce genre de choses.

Pardonnez à un vieillard une attitude que vous risquez de

juger sentimentale. J'ai à présent terminé, et j'ai une tâche à accomplir. Sans joie ni tristesse, mais avec résolution.

Je ne suis pas encore où j'ai besoin d'être et je ne prétendrai pas que j'ai réussi à ramer, ramer, ramer tout seul. Mon bosco, fort et habile, le filleul que j'ai aimé comme un fils, et qui n'a jamais connu la côte telle qu'elle était alors, suit mon doigt tremblant avec beaucoup de patience, tandis que je lui montre des repères qui n'existent plus, que j'estime les distances, que j'étudie la carte, que je traque un lieu.

Est-ce que je sens qu'il est soulagé, maintenant que mon récit est fini ?

Ce que je vois, c'est une tour gothique à présent effondrée. Et là, je l'ai trouvée ! Rien que la base, plus ou moins ce à quoi je m'attendais. Par ici, dis-je à mon garçon patient (qui n'est plus un garçon et me prend sûrement pour un fou), au-delà des grilles de la pension, tourne à droite et pagaye le long du chemin, juste ici, encore une fois à droite, à présent que nous avons atteint les dunes. Il tire fort sur les rames, me regarde avec tendresse et suit mes directives, voguant sur la mer informe, là où, il était une fois une île, et il était une fois un garçon qui vivait sur cette île, et il était une fois j'étais jeune.

Et ici (c'est approximatif, mais quelque chose en moi me dicte que c'est bien *ici*) est le point où nous nous arrêtons un moment pour que je jette une poignée ou deux de cendres et d'ossements dans le vent et que j'adresse une prière à l'esprit de la mer et du ciel. Dans ma prière (exprimée en silence pour ne nous embarrasser ni lui ni moi), je rends grâce pour tout ce qui a eu lieu, à tout ce qui a lieu, et tout ce qui reste à venir.

Plus d'infos sur ce titre dès maintenant sur
Lecture-Academy.com

Composition MCP - Groupe JOUVE - 45770 Saran
N° 314497R

Impression réalisée par
CPI BRODARD ET TAUPIN
La Flèche
en avril 2009

« Pour l'éditeur, le principe est d'utiliser des papiers composés de fibres naturelles, renouvelables, recyclables et fabriquées à partir de bois issus de forêts qui adoptent un système d'aménagement durable. En outre, l'éditeur attend de ses fournisseurs de papier qu'ils s'inscrivent dans une démarche de certification environnementale reconnue. »

Dépôt légal imprimeur : 52568
20.16.1687.1/03 - ISBN 978-2-01-201687-3
Loi n° 49-956 du 16 juillet 1949 sur les publications destinées à la jeunesse.
Dépôt légal : avril 2009